CW00728408

MAIGRET ET L'INSPECTEUR MALGRACIEUX

Dans la même collection

1. *Maigret à New York*
2. *Maigret se fâche - La pipe de Maigret*
5. *Un Noël de Maigret*
6. *Maigret au Picratt's*
8. *L'amie de Madame Maigret*
9. *Maigret en meublé*
10. *Maigret et la Grande Perche*
11. *Maigret et la vieille dame*
12. *Maigret et son mort*
13. *Les vacances de Maigret*
14. *La première enquête de Maigret*
15. *Mon ami Maigret*
16. *Maigret chez le coroner*
17. *Maigret, Lognon et les gangsters*
18. *Le revolver de Maigret*
19. *Maigret et l'homme du banc*
20. *Maigret a peur*
21. *Maigret se trompe*
22. *Maigret à l'école*
23. *Maigret et la jeune morte*
24. *Maigret chez le ministre*
27. *Un échec de Maigret*

A paraître

28. *Maigret s'amuse*
29. *Maigret voyage*
30. *Les scrupules de Maigret*

GEORGES SIMENON

MAIGRET ET L'INSPECTEUR MALGRACIEUX

U.G.E. POCHE
PRESSES DE LA CITE

ISBN 2-265-05769-X

CHAPITRE

1

Un monsieur qui n'aime pas plus la vie que la police

LE JEUNE HOMME DEPLAÇA légèrement le casque d'écoute sur ses oreilles.

— Qu'est-ce que je disais, mon oncle ?... Ah ! oui... Quand la petite est rentrée de l'école et que ma femme a vu qu'elle avait des plaques rouges sur le corps, elle a d'abord cru que c'était la scarlatine et...

Impossible de finir une phrase un peu longue ; invariablement une des petites pastilles s'éclairait dans l'immense plan de Paris qui s'étalait sur tout un pan de mur. C'était dans le XIIIe arrondissement, cette fois, et Daniel, le neveu de Maigret, introduisant sa fiche dans un des trous du standard, murmurait :

— Qu'est-ce que c'est ?

Il écoutait, indifférent, répétait pour le commissaire assis sur un coin de table :

— Dispute entre deux Arabes dans un bistrot de la place d'Italie...

Il allait reprendre son récit au sujet de sa fille, mais déjà une autre pastille blanche encastrée dans la carte murale s'éclairait.

— Allô !... Comment ?... Accident d'auto boulevard de La Chapelle ?...

Derrière les grandes fenêtres sans rideaux, on voyait la pluie tomber à torrents, une pluie d'été, longue et très fluide, qui mettait des hachures claires dans la nuit. Il faisait bon, un peu lourd, dans la vaste salle de Police-Secours où Maigret était venu se réfugier.

Un peu plus tôt, il se trouvait dans son bureau du quai des Orfèvres. Il devait attendre un coup de téléphone de Londres au sujet d'un escroc international que ses inspecteurs avaient repéré dans un palace des Champs-Elysées. La communication pouvait aussi bien venir à minuit qu'à une heure du matin, et Maigret n'avait rien à faire en attendant ; il s'ennuyait, tout seul dans son bureau.

Alors il avait donné ordre au standard de lui passer toutes les communications à Police-Secours, de l'autre côté de la rue, et il était venu bavarder avec son neveu, qui était de garde cette nuit-là.

Maigret avait toujours aimé cette immense salle, calme et nette comme un laboratoire, inconnue de la plupart des Parisiens, et qui était pourtant le cœur même de Paris.

A tous les carrefours de la ville, il existe des appareils peints en rouge, avec une glace qu'il suffit de briser pour être automatiquement en rapport téléphonique avec le poste de police du quartier en même temps qu'avec le poste central.

Quelqu'un appelle-t-il au secours pour une raison ou pour une autre ? Aussitôt, une des pastilles s'allume sur le plan monumental. Et l'homme de garde entend l'appel au même instant que le brigadier du poste de police le plus proche.

En bas, dans la cour obscure et calme de la Préfecture, il y a deux cars pleins d'agents prêts à s'élancer dans les cas graves. Dans soixante postes de police, d'autres cars attendent, ainsi que des agents cyclistes.

Une lumière encore.

— Tentative de suicide au gardénal dans un meublé de la rue Blanche... répète Daniel.

Toute la journée, toute la nuit, la vie dramatique de la capitale vient ainsi s'inscrire en petites lumières sur un mur ; aucun car, aucune patrouille ne sort d'un des commissariats sans que la raison de son déplacement soit signalée au centre.

Maigret a toujours prétendu que les jeunes inspecteurs devraient être tenus de faire un stage d'un an au moins dans cette salle afin d'y apprendre la géographie criminelle de la capitale, et lui-même, à ses moments perdus, vient volontiers y passer une heure ou deux.

Un des hommes de garde est en train de manger du pain et du saucisson. Daniel reprend :

— Elle a aussitôt appelé le Dr Lambert, et quand celui-ci est arrivé, une demi-heure plus tard, les taches rouges avaient disparu... Ce n'était qu'une poussée d'urticaire... Allô !...

Une pastille vient de s'allumer dans le XVIIIe arrondissement. C'est un appel direct. Quelqu'un, à l'instant, a brisé la vitre de l'appareil de secours placé à l'angle de la rue Caulaincourt et de la rue Lamarck.

Pour un débutant, c'est assez impressionnant... On imagine le carrefour désert dans la nuit, les hachures de pluie, le pavé mouillé, avec les flaques de lumière du réverbère, des cafés éclairés au loin, et un homme ou une femme qui se précipite, qui titube peut-être, ou qui est poursuivi, quelqu'un qui a peur ou qui a besoin d'aide, s'entourant la main d'un mouchoir pour briser la vitre...

Maigret, qui regarde machinalement son neveu, voit celui-ci froncer les sourcils. Le visage du jeune homme prend une expression ahurie, puis effrayée.

— Ah ça ! mon oncle... balbutie-t-il.

Il écoute encore un instant, change sa fiche de place.

— Allô !... Le poste de la rue Damrémont ?... C'est vous, Dambois ?... Vous avez entendu l'appel ?... C'était bien un coup de feu, n'est-ce pas ?... Oui, il m'a semblé aussi... Vous dites ?... Votre car est déjà parti ?...

Autrement dit, dans moins de trois minutes, les

agents seront sur les lieux, car la rue Damrémont est toute proche de la rue Caulaincourt.

— Excusez-moi, mon oncle... Mais c'est tellement inattendu !... J'ai d'abord entendu une voix qui criait dans l'appareil :

» — M... pour les flics !

» Puis, tout de suite, le bruit d'une détonation...

— Veux-tu dire au brigadier de la rue Damrémont que j'arrive et qu'on ne touche à rien en m'attendant ?

Déjà Maigret s'engage dans les couloirs déserts, descend dans la cour, saute dans une petite voiture rapide réservée aux officiers de police.

Il n'est que dix heures et quart du soir.

— Rue Caulaincourt... A toute vitesse...

A vrai dire, ce n'est pas son travail. La police du quartier est sur place, et ce n'est qu'après avoir reçu son rapport qu'on décidera si c'est une affaire pour la Police Judiciaire. Maigret obéit à la curiosité. Il y a aussi un souvenir qui lui est revenu à l'esprit alors que Daniel parlait encore.

Au début de l'hiver précédent — c'était en octobre, et il pleuvait aussi cette nuit-là, — il était dans son bureau, vers onze heures du soir, quand il avait reçu un appel téléphonique.

— Commissaire Maigret ?

— J'écoute.

— C'est bien le commissaire Maigret lui-même qui est à l'appareil ?

— Mais oui...

— Dans ce cas, je vous em... !

— Comment ?

— Je dis que je vous em... ! Je viens de descendre, en tirant par la fenêtre, les deux agents que vous avez mis en faction sur le trottoir... Inutile d'en envoyer d'autres... Ce n'est pas vous qui aurez ma peau...

Une détonation...

L'accent polonais avait déjà renseigné le commissaire.

Cela se passait, fatalement, dans un petit hôtel du coin de la rue de Birague et du faubourg Saint-Antoine, où un dangereux malfaiteur polonais, qui avait attaqué plusieurs fermes dans le Nord, s'était réfugié.

Deux agents, en effet, surveillaient l'hôtel, car Maigret avait décidé de procéder en personne à l'arrestation au petit jour.

Un des inspecteurs avait été tué net ; l'autre se rétablit après cinq semaines d'hôpital. Quant au Polonais, il s'était bel et bien tiré une balle dans la tête à la fin de sa conversation avec le commissaire.

C'était cette coïncidence qui venait de frapper Maigret, dans la grande salle de Police-Secours. En vingt ans de métier et plus, il n'avait connu qu'une seule affaire de ce genre : un suicide au téléphone, avec accompagnement d'injures.

N'était-ce pas extraordinaire qu'à six mois d'intervalle le même fait, ou à peu près, se reproduisît ?

La petite auto traversait Paris, atteignait le boulevard Rochechouart aux cinémas et dancings brillamment éclairés. Puis, dès le coin de la rue Caulaincourt, à la pente assez raide, c'était le calme, presque le désert, un autobus, par-ci par-là, qui dévalait la rue, de rares passants pressés sur les trottoirs noyés de pluie.

Un petit groupe de silhouettes sombres, au coin de la rue Lamarck. Le car de la police était arrêté à quelques mètres dans cette rue. On voyait des gens aux fenêtres, des concierges sur les seuils, mais la pluie battante raréfiait les curieux.

— Bonjour, Dambois...

— Bonjour, monsieur le commissaire...

Et Dambois désignait une forme étendue sur le trottoir, à moins d'un mètre de l'appareil d'appel au secours. Un homme était agenouillé près du corps, un médecin du voisinage qu'on avait eu le temps d'alerter. Et pourtant moins de douze minutes s'étaient écoulées depuis le coup de feu.

Le docteur se redressait, reconnaissait la silhouette populaire de Maigret :

— La mort a été instantanée, dit-il en essuyant ses genoux détrempés, puis ses lunettes couvertes de gouttes de pluie. Le coup a été tiré à bout portant, dans l'oreille droite.

Maigret, machinalement, esquissait le geste de se tirer une balle dans l'oreille.

— Suicide ?

— Cela ressemble...

Et le brigadier Dambois désigna au commissaire un revolver que personne n'avait encore touché et qui se trouvait à cinquante centimètres de la main du mort.

— Vous le connaissez, Dambois ?

— Non, monsieur le commissaire... Et, pourtant, je ne sais pas pourquoi, cela m'a l'air de quelqu'un du quartier.

— Voulez-vous vous assurer délicatement s'il a un portefeuille ?

L'eau dégoulinait déjà sur le chapeau de Maigret. Le brigadier lui tendit un portefeuille assez usé qu'il venait de prendre dans le veston du mort. Une des pochettes contenait six billets de cent francs et une photographie de femme. Dans une autre, il y avait une carte d'identité au nom de Michel Goldfinger, trente-huit ans, courtier en diamants, 66 *bis*, rue Lamarck.

La photographie de la carte d'identité était bien celle de l'homme qui était toujours étendu sur le trottoir, les jambes étrangement tordues.

Dans la dernière poche du portefeuille, celle qui fermait à l'aide d'une patte, Maigret trouva du papier de soie plié menu.

— Vous voulez m'éclairer avec votre torche électrique, Dambois ?

Avec précaution, il défit le paquet, et une dizaine de petites pierres brillantes, des diamants non montés, scintillèrent dans la lumière.

— On ne pourra pas dire que le vol est le mobile du crime ! grogna le brigadier, ou que la misère est le motif du suicide... Qu'est-ce que vous en pensez, patron ?

— Vous avez fait questionner les voisins ?

— L'inspecteur Lognon est en train de s'en occuper...

De trois en trois minutes, un autobus dégringolait la pente. De trois en trois minutes, un autobus, dans l'autre sens, la gravissait en changeant ses vitesses. Deux fois, trois fois, Maigret leva la tête, parce que les moteurs avaient des ratés.

— C'est curieux... murmura-t-il pour lui-même.

— Qu'est-ce qui est curieux ?

— Que, dans n'importe quelle autre rue, nous aurions sans doute eu des renseignements sur le coup de feu... Vous verrez que Lognon n'obtiendra rien des voisins, à cause de la pente qui provoque des explosions dans les carburateurs...

Il ne se trompait pas. Lognon, que ses collègues, parce qu'il était toujours d'une humeur de chien, appelaient l'inspecteur Malgracieux, s'approchait du brigadier.

— J'ai interrogé une vingtaine de personnes... Ou bien les gens n'ont rien entendu — la plupart, à cette heure-ci, prennent la T.S.F., surtout qu'il y avait une émission de gala au Poste Parisien — ou bien on me répond qu'il y a toute la journée des bruits de ce genre... Ils y sont habitués... Il n'y a qu'une vieille femme, au sixième de la deuxième maison à droite, qui prétend qu'elle a entendu deux détonations... Seulement, j'ai dû lui répéter plusieurs fois ma question, car elle est sourde comme un pot... Sa concierge me l'a confirmé...

Maigret glissa le portefeuille dans sa poche.

— Faites photographier le corps... dit-il à Dambois. Quand les photographes auront terminé, vous le transporterez à l'Institut médico-légal et vous demanderez au Dr Paul de pratiquer l'autopsie... Quant au revolver, dès qu'on aura relevé les empreintes, vous l'enverrez chez l'expert Gastinne-Renette.

L'inspecteur Lognon, qui avait peut-être vu dans cette affaire une occasion de se distinguer, regardait farouchement le trottoir, les mains dans les poches, de la pluie sur son visage renfrogné.

— Vous venez avec moi, Lognon ? Etant donné que cela s'est produit dans votre secteur...

Et ils s'éloignèrent tous les deux. Ils suivirent le trottoir de droite de la rue Lamarck. Celle-ci était déserte, et on ne voyait que les lumières de deux petits cafés sur toute la longueur de la rue.

— Je vous demande pardon, mon vieux, de m'occuper d'une affaire qui ne me regarde pas, mais il y a quelque chose qui me tracasse... Je ne sais pas encore quoi au juste... Quelque chose ne tourne pas rond, comprenez-vous ?... Il reste bien entendu que c'est vous qui faites officiellement l'enquête.

Mais Lognon méritait trop son surnom d'inspecteur Malgracieux pour répondre aux avances du commissaire.

— Je ne sais pas si vous comprenez... Qu'un type comme Stan le Tueur, qui savait que la nuit ne se passerait pas sans qu'il fût arrêté, qui, en outre, depuis plus d'un mois, me sentait sur ses talons...

C'était bien dans le caractère du Stan de se défendre jusqu'au bout comme un fauve qu'il était et de préférer une balle dans la tête à la guillotine. Il n'avait pas voulu s'en aller tout seul, et, par une dernière bravade, dans un dernier sursaut de haine contre la société, il avait descendu les deux inspecteurs qui le guettaient.

Tout cela, c'était dans sa ligne. Même le coup de téléphone à Maigret, qui était devenu son ennemi intime, cette ultime injure, ce suprême défi...

Or, de ce coup de téléphone, la presse n'avait jamais parlé. Quelques collègues de Maigret, seuls, étaient au courant.

Et les mots hurlés ce soir dans l'appareil de Police-Secours ne cadraient pas avec le peu qu'on savait maintenant du courtier en diamants.

Autant qu'un rapide examen permettait d'en juger, c'était un homme sans envergure, un gagne-petit, voire, le commissaire l'aurait juré, un mal-portant, un malchanceux. Car le commerce des diamants, comme les autres, a ses seigneurs et ses pauvres.

Maigret connaissait le centre de ce commerce, un grand café de la rue Lafayette, où messieurs les gros courtiers, assis à la table, voyaient venir à eux les modestes revendeurs à qui ils confiaient quelques pierres.

— C'est ici... dit Lognon, en s'arrêtant devant une maison pareille à toutes les maisons de la rue, un immeuble déjà vieux, de six étages, où on voyait de la lumière à quelques fenêtres.

Ils sonnèrent. La porte s'ouvrit, et ils virent que la loge de la concierge était encore éclairée. Une musique, qui provenait de la radio, filtrait de la pièce à porte vitrée, où on apercevait un lit, une femme d'un certain âge occupée à tricoter et un homme en pantoufles de tapisserie, sans faux col, la chemise ouverte sur une poitrine velue, qui lisait son journal.

— Pardon, madame... Est-ce que M. Goldfinger est ici ?

— Tu ne l'as pas vu rentrer, Désiré ?... Non... D'ailleurs, il y a à peine une demi-heure qu'il est sorti...

— Seul ?

— Oui... J'ai supposé qu'il allait faire une course dans le quartier, peut-être acheter des cigarettes...

— Il sort souvent le soir ?

— Presque jamais... Ou, alors, c'est pour aller au cinéma avec sa femme et sa belle-sœur...

— Elles sont là-haut ?

— Oui... Elles ne sont pas sorties ce soir... Vous voulez les voir... ? C'est au troisième à droite...

Il n'y avait pas d'ascenseur dans l'immeuble. Un tapis sombre escaladait les marches, et il y avait une ampoule électrique sur le palier de chaque étage, deux portes brunes, une à gauche et une à droite. La maison était propre, confortable, mais sans luxe. Les murs, peints en faux marbre, auraient eu besoin d'une bonne couche de peinture, car ils tournaient au beige, sinon au brun.

De la radio, encore... Le même air qu'on entendait partout ce soir-là, le fameux gala du Poste Parisien... On le retrouvait sur le palier du troisième...

— Je sonne ? questionnait Lognon.

On entendit un timbre qui résonnait de l'autre côté de la porte, le bruit d'une chaise que quelqu'un repousse pour se lever, une voix jeune qui lançait :

— Je viens...

Un pas rapide, léger. Le bouton de la porte tournait, l'huis s'ouvrit, la voix disait :

— Tu n'es pas...

Et on devinait que la phrase devait être :

« Tu n'es pas resté longtemps... »

Mais la personne qui ouvrait la porte s'arrêtait net devant les deux hommes qu'elle ne connaissait pas et elle balbutiait :

— Je vous demande pardon... Je croyais que c'était...

Elle était jeune, jolie, vêtue de noir, comme en deuil, avec des yeux clairs, des cheveux blonds.

— Madame Goldfinger ?

— Non, monsieur... M. Goldfinger est mon beau-frère...

Elle restait un peu interdite, et elle ne pensait pas à inviter les visiteurs à entrer. Il y avait de l'inquiétude dans son regard.

— Vous permettez ?... fit Maigret, en s'avançant.

Et une autre voix, moins jeune, comme un peu lasse, lançait du fond de l'appartement :

— Qu'est-ce que c'est, Eva ?

— Je ne sais pas...

Les deux hommes étaient entrés dans une antichambre minuscule. A gauche, au-delà d'une porte vitrée, on apercevait, dans le clair-obscur, un petit salon où on ne devait pas souvent mettre les pieds, s'il fallait en juger par l'ordre parfait qui y régnait et par le piano droit couvert de photographies et de bibelots.

La seconde pièce était éclairée, et c'était là que la radio jouait en sourdine.

Avant que le commissaire et l'inspecteur l'eussent atteinte, la jeune fille s'était précipitée, en disant :

— Vous permettez que je ferme la porte de la chambre ?... Ma sœur n'était pas bien ce soir, elle est déjà couchée...

Et sans doute la porte, entre la chambre et la salle à manger qui servait de *living-room*, était-elle grande ouverte ? Il y eut quelques chuchotements. Mme Goldfinger questionnait, probablement :

— Qui est-ce ?

Et Eva, à voix basse :

— Je ne sais pas... Ils n'ont rien dit...

— Laisse la porte entrouverte, que j'entende...

Le calme régnait ici comme dans la plupart des appartements du quartier, comme derrière toutes ces fenêtres éclairées que les deux hommes avaient aperçues, un calme lourd, un peu sirupeux, le calme des intérieurs où il ne se passe rien, où on n'imagine pas que quelque chose puisse se passer un jour.

— Je vous demande pardon... Si vous voulez vous donner la peine d'entrer...

La salle à manger était garnie de meubles rustiques comme les grands magasins d'ameublement en vendent par milliers, avec la même jardinière en cuivre sur le dressoir, les mêmes assiettes historiées, sur un fond de cretonne à carreaux rouges, dans le vaisselier.

— Asseyez-vous... Attendez...

Il y avait, sur trois chaises, des morceaux de tissu, des patrons de couturière en gros papier brun, des ciseaux sur la table, un magazine de modes et un autre morceau de tissu qu'on était en train de tailler quand la sonnerie avait retenti.

La jeune fille tournait le bouton de la radio, et le silence devenait soudain absolu.

Lognon, plus renfrogné que jamais, regardait le

bout de ses souliers mouillés. Maigret, lui, jouait avec sa pipe qu'il avait laissée s'éteindre.

— Il y a longtemps que votre beau-frère est sorti ?

On voyait, au mur, un carillon Westminster, au cadran duquel la jeune fille jeta un coup d'œil machinal.

— Un peu avant dix heures... Peut-être dix heures moins dix... ? Il avait un rendez-vous à dix heures dans le quartier...

— Vous ne savez pas où ?

On remuait dans la chambre voisine plongée dans l'obscurité, et dont la porte restait entrebâillée.

— Dans un café, sans doute, mais je ne sais pas lequel... Tout près d'ici, sûrement, puisqu'il a annoncé qu'il serait rentré avant onze heures...

— Un rendez-vous d'affaires ?

— Certainement... Quel autre rendez-vous pourrait-il avoir ?

Et il sembla à Maigret qu'une légère rougeur montait aux joues de la jeune fille. Depuis quelques instants, d'ailleurs, à mesure qu'elle observait les deux hommes, elle était en proie à un malaise grandissant. Son regard contenait une interrogation muette. En même temps, on eût dit qu'elle avait peur de savoir.

— Vous connaissez mon beau-frère ?

— C'est-à-dire... Un peu... Il lui arrivait souvent d'avoir des rendez-vous le soir ?

— Non... Rarement... On pourrait dire jamais...

— On lui a sans doute téléphoné ?

Car Maigret venait d'apercevoir un appareil téléphonique sur un guéridon.

— Non... C'est à table, en dînant, qu'il a annoncé qu'il avait une course à faire à dix heures...

La voix devenait anxieuse. Et un léger bruit, dans la chambre révélait que Mme Goldfinger venait de quitter son lit, pieds nus, et qu'elle devait se tenir debout derrière la porte pour mieux entendre.

— Votre beau-frère était bien portant ?

— Oui... C'est-à-dire qu'il n'a jamais eu beaucoup

de santé... Surtout, il se frappait... Il avait un ulcère à l'estomac, et le médecin était sûr de le guérir ; mais lui était persuadé que c'était un cancer.

Du bruit. Un frôlement plutôt, et Maigret leva la tête, sûr que Mme Goldfinger allait apparaître. Il la vit dans l'encadrement de la porte, enveloppée d'un peignoir de flanelle bleue, le regard dur et fixe :

— Qu'est-il arrivé à mon mari ? questionna-t-elle. Qui êtes-vous ?

Les deux hommes se levèrent en même temps.

— Je vous demande pardon, madame, de faire ainsi irruption dans votre intimité. Votre sœur m'a annoncé que vous n'étiez pas bien ce soir...

— Cela n'a pas d'importance...

— J'ai, malheureusement, une mauvaise nouvelle à vous annoncer...

— Mon mari ? questionna-t-elle du bout des lèvres.

Mais c'était la jeune fille que Maigret regardait, et il la vit ouvrir la bouche pour un cri qu'elle n'articula pas. Elle restait là, hagarde, les yeux écarquillés.

— Votre mari, oui... Il lui est arrivé un accident.

— Un accident ? questionnait l'épouse, dure et méfiante.

— Madame, je suis désolé d'avoir à vous apprendre que M. Goldfinger est mort...

Elle ne bougea pas. Elle restait là, debout, à les fixer de ses yeux sombres. Car, si sa sœur était une blonde aux yeux bleus, Mathilde Goldfinger, elle, était une brune assez grasse, aux yeux presque noirs, aux sourcils très dessinés.

— Comment est-il mort ?

La jeune fille, qui s'était jetée contre le mur, les mains en avant, la tête dans les bras, sanglotait silencieusement.

— Avant de vous répondre, il est de mon devoir de vous poser une question. Votre mari, à votre connaissance, avait-il des raisons de se suicider ? Est-ce que l'état de ses affaires, par exemple...

Mme Goldfinger épongea d'un mouchoir ses lèvres

moites, puis se passa les mains sur les tempes en relevant ses cheveux d'un geste machinal :

— Je ne sais pas... Je ne comprends pas... Ce que vous me dites est tellement...

Alors, la jeune fille, au moment où on s'y attendait le moins, se retourna d'une détente brusque, montra un visage congestionné, laqué par les larmes, des yeux où il y avait du courroux, peut-être de la rage, et cria avec une énergie inattendue :

— Jamais Michel ne se serait suicidé, si c'est cela que vous voulez dire !...

— Calme-toi, Eva... Vous permettez, messieurs ?

Et Mme Goldfinger s'assit, s'accouda d'un bras à la table rustique :

— Où est-il ?... Répondez-moi... Dites-moi comment cela est arrivé...

— Votre mari est mort, d'une balle dans la tête, à dix heures et quart exactement, devant la borne de Police-Secours du coin de la rue Caulaincourt.

Un sanglot rauque, douloureux. C'était Eva. Quant à Mme Goldfinger, elle était blême, les traits figés, et elle continuait à fixer le commissaire comme sans le voir :

— Où est-il à présent ?

— Son corps a été transporté à l'Institut médico-légal, où vous pourrez le voir dès demain matin.

— Tu entends, Mathilde ? hurla la jeune fille.

Les mots, pour elle, faisaient image. Avait-elle compris qu'on allait pratiquer l'autopsie, que le corps prendrait place ensuite dans un des nombreux tiroirs de cet immense frigorifique à cadavres que constitue l'Institut médico-légal ?

— Et tu ne dis rien ?... Tu ne protestes pas?...

La veuve haussa imperceptiblement les épaules, répéta d'une voix lasse :

— Je ne comprends pas...

— Remarquez, madame, que je n'affirme pas que votre mari s'est suicidé...

Cette fois, ce fut Lognon qui eut comme un haut-le-corps et qui regarda le commissaire avec stupeur. Mme Goldfinger, elle, fronça les sourcils et murmura :

— Je ne comprends pas... Tout à l'heure, vous avez dit...

— Que cela ressemblait à un suicide... Mais il y a parfois des crimes qui ressemblent à des suicides... Votre mari avait-il des ennemis ?...

— Non !

Un non énergique. Pourquoi les deux femmes, ensuite, échangeaient-elles un bref regard ?

— Avait-il des raisons pour attenter à ses jours ?

— Je ne sais pas... Je ne sais plus... Il faut m'excuser, messieurs... Je suis moi-même mal portante aujourd'hui... Mon mari était malade, ma sœur vous l'a dit... Il se croyait plus malade qu'il n'était réellement... Il souffrait beaucoup... Le régime très strict qu'il devait suivre l'affaiblissait... Il avait, en outre, des soucis, ces derniers temps...

— A cause de ses affaires ?

— Vous savez sans doute qu'il y a une crise, depuis près de deux ans, dans le commerce du diamant... Les gros peuvent tenir le coup... Ceux qui n'ont pas de capitaux et qui vivent pour ainsi dire au jour le jour...

— Est-ce que, ce soir, votre mari avait des pierres sur lui ?

— Sans doute... Il en avait toujours...

— Dans son portefeuille ?

— C'est là qu'il les mettait, d'habitude... Cela ne prend pas beaucoup de place, n'est-ce pas ?

— Ces diamants lui appartenaient ?

— C'est peu probable... Il en achetait rarement pour son compte, surtout les derniers temps... On les lui confiait à la commission...

C'était vraisemblable. Maigret connaissait assez le petit monde qui évolue dans les environs de la rue Lafayette et qui, tout comme le « milieu », a ses lois à lui. On voit, autour des tables, des pierres qui représentent des fortunes, passer de main en main sans que le moindre reçu soit échangé. Tout le monde se connaît. Tout le monde sait que, dans la confrérie, nul n'oserait manquer à sa parole.

— On lui a volé les diamants ?

— Non, madame... Les voilà... Voici son portefeuille. Je voudrais vous poser encore une question. Votre mari vous mettait-il au courant de toutes ses affaires ?

— De toutes...

Un tressaillement d'Eva. Cela signifiait-il que sa sœur ne disait pas la vérité ?

— Votre mari, à votre connaissance, avait-il, pour les jours qui viennent, de grosses échéances ?

— On devait présenter, demain, une traite de trente mille francs.

— Il disposait de l'argent ?

— Je ne sais pas... C'est justement pour cela qu'il est sorti ce soir... Il avait rendez-vous avec un client dont il espérait tirer cette somme...

— Et s'il ne l'avait pas obtenue ?

— La traite aurait sans doute été protestée...

— C'est déjà arrivé ?

— Non...Il trouvait toujours l'argent au dernier moment...

Lognon soupira, lugubre, en homme qui juge qu'on perd son temps.

— De sorte que, si la personne que votre mari devait rencontrer ce soir ne lui avait pas remis la somme, Goldfinger, demain, aurait été en protêt... Ce qui signifie qu'il aurait été rayé automatiquement du milieu des courtiers en diamants, n'est-ce pas ?... Si je ne m'abuse, ces messieurs sont sévères pour ces sortes d'accident ?...

— Mon Dieu ! Qu'est-ce que vous voulez que je vous dise ?

C'était elle que Maigret regardait, du moins en apparence, mais, en réalité, depuis quelques minutes, c'était la petite belle-sœur en deuil qu'il observait sans cesse à la dérobée.

Elle ne pleurait plus. Elle avait repris son sang-froid.

Et le commissaire était étonné de lui voir un regard aigu, des traits si nets et si énergiques. Ce n'était plus une petite jeune fille en larmes, mais, malgré son âge, une femme qui écoute, qui observe, qui soupçonne.

Car il n'y avait pas à s'y tromper. Un détail avait dû la frapper dans les paroles échangées, et elle tendait l'oreille, ne laissait rien perdre de ce qui se disait autour d'elle.

— Vous êtes en deuil ? questionna-t-il.

Il s'était tourné vers Eva, mais c'est Mathilde qui répondit :

— Nous sommes en deuil, toutes les deux, de ma mère, qui est morte voilà six mois... C'est depuis lors que ma sœur vit avec nous...

— Vous travaillez ? demanda encore Maigret à Eva.

Et, une fois de plus, ce fut la sœur qui répondit.

— Elle est dactylographe dans une compagnie d'assurances, boulevard Haussmann.

— Une dernière question... Croyez que je suis confus... Est-ce que votre mari possédait un revolver ?

— Il en avait un, oui... Mais il ne le portait pour ainsi dire jamais... Il doit encore être dans le tiroir de sa table de nuit.

— Voulez-vous être assez aimable pour vous en assurer ?...

Elle se leva, passa dans la chambre, où elle tourna le bouton électrique. On l'entendit ouvrir un tiroir, remuer des objets. Quand elle revint, elle avait le regard plus sombre.

— Il n'y est pas, dit-elle, sans se rasseoir.

— Y a-t-il longtemps que vous l'avez vu ?

— Quelques jours au plus... Je ne pourrais pas dire au juste... Peut-être avant-hier, quand j'ai fait le grand nettoyage...

Eva ouvrit la bouche, mais, malgré le regard encourageant du commissaire, elle se tut.

— Oui. Cela devait être avant-hier...

— Ce soir, vous étiez couchée quand votre mari est rentré pour dîner ?

— Je me suis couchée à deux heures de l'après-midi, car je me sentais lasse...

— S'il avait ouvert le tiroir pour y prendre le revolver, vous en seriez-vous aperçue ?

— Je crois que oui...

— Ce tiroir contient-il des objets dont il aurait pu avoir besoin ?

— Non... Un médicament qu'il ne prenait que la nuit, quand il souffrait trop ; de vieilles boîtes de pilules et une paire de lunettes dont un verre est cassé...

— Vous étiez dans la chambre, ce matin, lorsqu'il s'est habillé ?

— Oui... Je faisais les lits...

— De sorte que votre mari aurait dû prendre le revolver hier ou avant-hier au soir ?

Encore un geste d'intervention d'Eva. Elle ouvrait la bouche. Non. Elle se taisait.

— Il ne me reste qu'à vous remercier, madame... A propos, connaissez-vous la marque du revolver ?

— Browning, calibre 6 mm 38. Vous devez en trouver le numéro dans le portefeuille de mon mari, car il était titulaire d'un port d'armes.

Ce qui, en effet, était exact.

— Demain matin, si vous n'y voyez pas d'inconvénient, l'inspecteur Lognon, qui est chargé de l'enquête, viendra vous prendre à l'heure que vous lui fixerez pour aller reconnaître le corps...

— Quand il voudra... Dès huit heures...

— Compris, Lognon ?

Ils se retiraient, retrouvaient le palier mal éclairé, le tapis sombre de l'escalier, les murs brunis. La porte s'était refermée, et on n'entendait aucun bruit dans l'appartement. Les deux femmes se taisaient. Pas un mot n'était échangé entre elles.

Dans la rue, Maigret leva la tête vers la fenêtre éclairée et murmura :

— Maintenant que nous ne pouvons plus entendre, je parierais que ça va barder, là-haut.

Une ombre se profila sur le rideau. Bien que déformée, on reconnaissait la silhouette de la jeune fille qui traversait la salle à manger à pas pressés. Presque aussitôt, une autre fenêtre s'éclairait, et Maigret aurait parié qu'Eva venait de s'enfermer à double tour dans sa chambre, et que sa sœur essayait en vain de s'en faire ouvrir la porte.

CHAPITRE

2

Les malchances et les susceptibilités de l'inspecteur Lognon

C'ETAIT UNE DROLE DE VIE. Maigret prenait un air grognon, mais, en réalité, il n'aurait pas donné sa place, à ces moments-là, pour le meilleur fauteuil de l'Opéra. Etait-il possible d'être davantage chez lui, dans les vastes locaux de la Police Judiciaire, qu'au beau milieu de la nuit ? Tellement chez lui qu'il avait tombé la veste, retiré sa cravate et ouvert son col. Il avait même, après une hésitation, délacé ses souliers qui lui faisaient un peu mal.

En son absence, Scotland Yard avait téléphoné, et on avait passé la communication à son neveu Daniel, qui venait de lui en rendre compte.

L'escroc dont il s'occupait n'avait pas été signalé à Londres depuis plus de deux ans, mais, aux dernières nouvelles, il serait passé par la Hollande.

Maigret avait donc alerté Amsterdam. Il attendait maintenant des renseignements de la Sûreté néerlandaise. De temps en temps, il entrait en contact téléphonique avec ses inspecteurs qui surveillaient l'homme à la porte de son appartement du *Claridge* et dans le hall de l'hôtel.

Puis, la pipe aux dents, les cheveux hirsutes, il ouvrait la porte de son bureau et contemplait la longue perspective du couloir, où il n'y avait que deux lampes en veilleuse ; et il avait l'air, alors, d'un brave banlieusard qui, le dimanche matin, se campe sur son seuil pour contempler son bout de jardin.

Tout au fond du couloir, le vieux garçon de bureau de nuit, Jérôme, qui était dans la maison depuis plus de trente ans et qui avait les cheveux blancs comme neige, était assis devant sa petite table surmontée d'une lampe à abat-jour vert et, le nez chaussé de lunettes à monture d'acier, il lisait invariablement un gros traité de médecine, le même depuis des années. Il lisait comme les enfants, en remuant les lèvres, en épelant les syllabes.

Puis le commissaire faisait quelques pas, les mains dans les poches, entrait dans le bureau des inspecteurs, où les deux hommes de garde, en manche de chemise, eux aussi, jouaient aux cartes et fumaient des cigarettes.

Il allait, il venait. Derrière son bureau, dans un étroit cagibi, il y avait un lit de camp sur lequel il lui arriva deux ou trois fois de s'étendre sans parvenir à s'assoupir. Il faisait chaud, malgré la pluie qui tombait de plus belle, car le soleil avait tapé dur sur les bureaux pendant toute la journée.

Une première fois, Maigret marcha jusqu'à son téléphone, mais, à l'instant de décrocher, sa main s'arrêta. Il déambula encore, retourna chez les inspecteurs, suivit la partie de cartes pendant un bout de temps et revint une seconde fois jusqu'à l'appareil.

Il était comme un enfant qui ne peut pas se décider à renoncer à une envie. Si encore Lognon avait été moins malchanceux ! Lognon ou pas Lognon, Maigret avait le droit, bien entendu, de prendre en main l'affaire de la rue Lamarck, comme il brûlait du désir de le faire.

Non pas parce qu'il la jugeait particulièrement sensationnelle. L'arrestation de l'escroc, par exemple, à laquelle il ne parvenait pas à s'intéresser, lui vaudrait davantage de renommée. Mais, il avait beau faire, il revoyait sans cesse la borne de Police-Secours, dans la pluie, le petit courtier en diamants à la silhouette étriquée et malingre, puis les deux sœurs, dans leur appartement.

Comment dire ? C'était une de ces affaires dont l'odeur lui plaisait, qu'il aurait aimé renifler à loisir jusqu'au moment où il en serait si bien imprégné que la vérité lui apparaîtrait d'elle-même.

Et il tombait justement sur le pauvre Lognon, le meilleur des hommes, au fond, le plus consciencieux des inspecteurs, consciencieux au point d'en être imbuvable, Lognon sur qui la malchance s'acharnait avec tant d'insistance qu'il en était arrivé à avoir la hargne d'un chien galeux.

Chaque fois que Lognon s'était occupé d'une affaire, il avait eu des malheurs. Ou bien, au moment où il allait opérer une arrestation, on s'apercevait que le coupable avait de hautes protections et qu'il fallait le laisser tranquille, ou bien l'inspecteur tombait malade et devait passer son dossier à un collègue, ou bien encore un juge d'instruction en mal d'avancement prenait pour lui le bénéfice de la réussite.

Est-ce que Maigret, cette fois encore, allait lui ôter le pain de la bouche ? Lognon, par-dessus le marché, habitait le quartier, place Constantin-Pecqueur, à cent cinquante mètres de la borne devant laquelle Goldfinger était mort, à trois cents mètres de l'appartement du courtier.

— C'est Amsterdam ?...

Maigret notait les renseignements qu'on lui transmettait. Comme, en quittant La Haye, l'escroc avait pris l'avion pour Bâle, le commissaire alertait ensuite la police suisse, mais c'était toujours au petit courtier, à sa femme et à sa belle-sœur qu'il pensait. Et, chaque fois qu'il se couchait sur son lit de camp et qu'il essayait de s'endormir, il les évoquait tous les trois avec une acuité accrue.

Alors il allait boire une gorgée de bière dans son bureau. Car, en arrivant, il avait fait monter trois demis et une pile de sandwiches de la *Brasserie Dauphine.* Tiens ! il y avait de la lumière sous une porte :

celle du commissaire de la Section financière. Celui-là, on ne le dérangeait pas. C'était un monsieur raide comme un parapluie, toujours tiré à quatre épingles, qui se contentait de saluer cérémonieusement ses collègues. S'il passait la nuit à la P.J., il y aurait du bruit à la Bourse le lendemain.

Au fait, on avait donné, le soir, un gala de centième au théâtre de la Madeleine, suivi d'un souper. Le Dr Paul, le plus parisien des médecins, l'ami des vedettes, y était sûrement allé : on ne l'attendait pas chez lui avant deux heures. Le temps de se changer — bien qu'il lui fût arrivé de se rendre en habit à la morgue, — et il devait être arrivé depuis un quart d'heure tout au plus à l'Institut médico-légal.

Maigret n'y tint plus, décrocha.

— Donnez-moi l'Institut médico-légal, s'il vous plaît... Allô !... Ici, Maigret... Voulez-vous demander au Dr Paul de venir un instant à l'appareil ?... Vous dites ?... Il ne peut pas se déranger ?... Il a commencé l'autopsie ?... Qui est à l'appareil ?... Le préparateur ?... Bonsoir, Jean... Voulez-vous demander de ma part au docteur de bien vouloir analyser le contenu de l'estomac du mort... Oui... Soigneusement... Je voudrais savoir, en particulier, s'il a ingurgité quelque chose : aliment ou boisson, depuis son repas du soir, qu'il a dû prendre vers sept heures et demie... Merci... Oui, qu'il m'appelle ici... J'y serai toute la nuit...

Il raccrocha, demanda la table d'écoute, au Central téléphonique.

— Allô !... Ici, commissaire Maigret... Je voudrais que vous enregistriez toutes les communications que l'on pourrait donner ou recevoir de l'appartement d'un certain Goldfinger, 66 *bis,* rue Lamarck. Dès maintenant, oui...

Tant pis si Lognon y avait pensé. D'ailleurs, il lui téléphonait aussi, à son domicile de la place Constantin-Pecqueur. Et on répondait aussitôt, ce qui indiquait que l'inspecteur n'était pas couché...

— C'est vous, Lognon ?... Ici, Maigret... Je vous demande pardon de vous déranger...

C'était bien là l'inspecteur Malgracieux ! Au lieu de dormir, il était déjà occupé à rédiger son rapport. Sa voix était inquiète, maussade :

— Je suppose, monsieur le commissaire, que vous me déchargez de l'affaire ?

— Mais non, mon vieux !... C'est vous qui l'avez commencée et vous la continuerez jusqu'au bout... Je vous demanderai seulement, à titre purement personnel, de me tenir au courant...

— Dois-je vous envoyer copie des rapports ?

C'était tout Lognon !

— Ce n'est pas la peine...

— Parce que je comptais les envoyer à mon chef direct, le commissaire d'arrondissement...

— Mais oui, mais oui... A propos, j'ai pensé à deux ou trois petites choses... Je suis persuadé que vous y avez pensé aussi... Par exemple, ne croyez-vous pas qu'il serait utile de faire surveiller la maison par deux inspecteurs ?... Si une des deux femmes sortait, ou si elles sortaient toutes les deux séparément, ils pourraient ainsi les suivre dans toutes leurs allées et venues...

— J'avais déjà mis un homme en faction... Je vais en envoyer un second... Je suppose que, si on me fait le reproche de mobiliser trop de monde...

— On ne vous adressera aucun reproche... Avez-vous déjà des nouvelles de l'Identité judiciaire au sujet des empreintes sur le revolver ?

Les locaux de l'Identité et les laboratoires se trouvaient juste au-dessus de la tête de Maigret, dans les combles du Palais de Justice, mais le commissaire ménageait jusqu'au bout la susceptibilité de l'inspecteur.

— Ils viennent de me téléphoner... Il y a beaucoup d'empreintes, mais trop confuses pour nous être utiles... Il semble que l'arme ait été essuyée, c'est difficile à affirmer, à cause de la pluie...

— Vous avez fait envoyer le revolver à Gastinne-Renette ?

— Oui. Il a promis d'être à son laboratoire dès huit heures et d'examiner l'arme aussitôt...

Il y avait d'autres conseils que Maigret aurait voulu lui donner. Il brûlait de se plonger dans l'affaire jusqu'au cou. C'était un véritable supplice. Mais rien que d'entendre au bout du fil la voix lamentable de l'inspecteur Malgracieux lui faisait pitié.

— Allons... Je vous laisse travailler...

— Vous ne voulez vraiment pas prendre le dossier en main ?

— Non, mon vieux... Allez-y !... Et bonne chance !...

— Je vous remercie...

La nuit se traîna ainsi, dans l'intimité chaude de ces vastes locaux que l'obscurité semblait rétrécir et où ils n'étaient que cinq à travailler ou à errer. Un coup de téléphone, de temps en temps. Bâle qui rappelait. Puis le *Claridge*.

— Ecoutez, mes enfants, s'il dort, laissez-le dormir... Quand il sonnera pour son petit déjeuner seulement, pénétrez dans sa chambre, gentiment, et demandez-lui de venir faire un tour au Quai des Orfèvres... Surtout, pas d'esclandre... Le directeur du *Claridge* n'aime pas ça...

Il rentra chez lui à huit heures, et il pensait tout le long du chemin qu'au même moment ce sacré Lognon embarquait Mathilde et Eva dans un taxi, rue Lamarck, pour les conduire à l'Institut médico-légal.

Le ménage était déjà fait, boulevard Richard-Lenoir. Mme Maigret était toute fraîche, et le petit déjeuner attendait sur la table.

— Le Dr Paul vient de t'appeler.

— Il y a mis le temps...

L'estomac de l'infortuné Goldfinger ne contenait que des aliments plus qu'à moitié digérés, de la soupe aux légumes, des pâtes et du jambon blanc. Depuis huit heures du soir, le courtier en diamants n'avait rien ingéré.

— Pas même un verre d'eau minérale ? insista Maigret.

— En tout cas, pas pendant la demi-heure qui a précédé la mort...

— Avez-vous remarqué un ulcère à l'estomac ?

— Au duodénum, plus exactement...

— Pas de cancer ?

— Sûrement pas...

— De sorte qu'il pouvait encore vivre longtemps ?

— Très longtemps. Et même guérir...

— Je vous remercie, docteur... Soyez assez gentil pour envoyer votre rapport à l'inspecteur Lognon... Comment ?... Oui, l'inspecteur Malgracieux... Bonne journée !...

Et Mme Maigret d'intervenir, en voyant son mari se diriger vers la salle de bains :

— Tu vas te coucher, j'espère ?

— Je ne sais pas encore... J'ai un peu dormi, cette nuit...

Il prit un bain, suivi d'une douche glacée, mangea de bon appétit en regardant la pluie qui tombait toujours comme un matin de Toussaint. A neuf heures, il avait le célèbre armurier au bout du fil.

— Allô ! Dites-moi, Maigret, il y a un détail qui me chiffonne dans cette histoire... Il s'agit de gangsters, n'est-ce pas ?

— Pourquoi dites-vous ça ?

— Voilà... C'est bien le revolver qui m'a été remis pour expertise qui a tiré la balle retrouvée dans la boîte crânienne du mort...

Maigret cita le numéro de l'arme, qui correspondait au numéro du browning appartenant à Goldfinger. L'expert, lui, ne savait rien des circonstances du drame. Il jugeait sur pièces, uniquement.

— Qu'est-ce qui vous chiffonne ?

— En examinant le canon du revolver, j'ai remarqué de petites stries luisantes extérieurement, à l'extrémité du canon. J'ai fait l'expérience sur d'autres armes du même calibre... Or j'ai obtenu un résultat identique en adaptant sur le canon un silencieux de modèle américain.

— Vous êtes sûr de cela ?

— J'affirme qu'il n'y a pas très longtemps, deux jours au maximum, probablement moins, car les stries se seraient ternies, un silencieux a été adapté sur le revolver qui m'a été soumis.

— Voulez-vous avoir l'obligeance d'envoyer le rapport écrit à l'inspecteur Lognon, qui a la direction de l'enquête ?

Et Gastinne-Renette, tout comme le Dr Paul l'avait fait, de s'exclamer :

— L'inspecteur Malgracieux ?

Mme Maigret soupirait :

— Tu t'en vas ?... Prends au moins ton parapluie...

Il s'en allait, oui, mais il n'allait pas où il avait envie d'aller, à cause de cet animal d'inspecteur et de sa malchance. S'il s'était écouté, il se serait fait conduire en taxi au coin de la rue Caulaincourt et de la rue Lamarck. Pour quoi faire ? Rien de bien précis. Pour reprendre l'air de la rue, pour fureter dans les coins, entrer dans les bistrots du quartier, écouter les gens qui, depuis la mise en vente des journaux du matin, étaient au courant.

Goldfinger avait annoncé, en partant de chez lui, qu'il avait un rendez-vous dans le quartier. S'il s'était suicidé, le rendez-vous pouvait être imaginaire. Mais alors, que venait faire ce silencieux ? Comment concilier cet appareil, d'usage au surplus peu courant et difficile à trouver, avec la détonation qui avait ébranlé l'appareil de Police-Secours ?

Si le courtier avait vraiment un rendez-vous... Généralement, les rendez-vous ne se donnent pas dans la rue, surtout à dix heures du soir, par une pluie battante. Plutôt dans un café, dans un bar... Or le courtier en diamants n'avait rien ingurgité, pas même un verre d'eau, passé le moment où il était sorti de chez lui.

Maigret aurait aimé refaire le chemin qu'il avait fait, s'arrêter devant la borne de Police-Secours.

Non ! Il y avait quelque chose qui ne tournait pas rond, il le sentait depuis le début. Un homme comme Stan le Tueur peut avoir l'idée d'injurier la police, de la défier une dernière fois avant de se faire sauter le caisson. Pas un petit serre-fesses comme Goldfinger !

Maigret avait pris l'autobus, et il restait debout sur la plate-forme, à contempler vaguement le Paris matinal, les poubelles dans les hachures de pluie, tout un petit peuple gravitant comme des fourmis en direction des bureaux et des magasins.

... Deux hommes, à six mois de distance, n'ont pas la même inspiration... Surtout quand il s'agit d'une idée aussi baroque que celle qui consiste à alerter la police pour la faire en quelque sorte assister de loin à son propre suicide...

... On *imite*... On ne *réinvente* pas... C'est si vrai que si un homme, par exemple, se donne la mort en se jetant du troisième étage de la tour Eiffel et si les journaux ont l'imprudence d'en parler, on aura une épidémie de suicides identiques ; quinze, vingt personnes, dans les mois qui suivent, se jetteront du haut de la tour...

Or on n'avait jamais parlé des derniers moments de Stan... sauf à la P.J... C'était cela qui, depuis le début, depuis qu'il avait quitté Daniel pour se rendre rue Caulaincourt, tracassait Maigret.

— On vous a demandé du *Claridge,* monsieur le commissaire...

Ses deux inspecteurs... L'escroc, qu'on appelait le Commodore, venait de sonner pour réclamer son petit déjeuner.

— On y va, patron ?

— Allez-y, mes enfants...

Il envoyait son escroc international à tous les diables et y envoyait mentalement Lognon par surcroît.

— Allô !... C'est vous, monsieur le commissaire ?... Ici, Lognon...

Parbleu ! Comme s'il n'avait pas reconnu la voix lugubre de l'inspecteur Malgracieux !

— Je reviens de l'Institut médico-légal... Mme Goldfinger n'a pas pu nous accompagner...

— Hein ?

— Elle était, ce matin, dans un tel état de prostration nerveuse qu'elle m'a demandé la permission de rester au lit... Son médecin était à son chevet quand je suis arrivé... C'est un médecin du quartier, le Dr Langevin... Il m'a confirmé que sa patiente avait passé une très mauvaise nuit, bien qu'elle eût usé un peu trop largement de somnifère...

— C'est la jeune sœur qui vous a accompagné ?

— Oui... Elle a reconnu le cadavre... Elle n'a pas prononcé un mot tout le long du chemin... Elle n'est plus tout à fait la même qu'hier... Elle a un petit air dur et décidé qui m'a frappé...

— Elle a pleuré ?

— Non... Elle est restée très raide devant le corps...

— Où est-elle en ce moment ?

— Je l'ai reconduite chez elle... Elle a eu un entretien avec sa sœur, puis elle est ressortie pour aller à la maison de Borniol afin de s'occuper des obsèques...

— Vous avez mis un agent derrière elle ?

— Oui... Un autre est resté à la porte... Personne n'est sorti pendant la nuit... Il n'y a pas eu d'appels téléphoniques...

— Vous aviez alerté la table d'écoute ?

— Oui...

Et Lognon, après une hésitation, prononça, comme un homme qui avale sa salive avant de dire une chose déplaisante :

— Un sténographe prend note du rapport verbal que je vous fais en ce moment et dont je vous enverrai copie par messager avant midi, ainsi qu'à mon chef hiérarchique, afin que tout soit régulier...

Maigret grommela pour lui-même :

— Va au diable !

Ce formalisme administratif, c'était tout Lognon,

tellement habitué à voir ses meilleures initiatives se retourner contre lui qu'il en arrivait à se rendre insupportable par ses précautions ridicules.

— Où êtes-vous, mon vieux ?

— Chez *Manière*...

Une brasserie de la rue Caulaincourt, non loin de l'endroit où Goldfinger était mort.

— Je viens de faire tous les bistrots du quartier... J'ai montré la photo du courtier, celle qui est sur la carte d'identité... Elle est récente, car la carte a été renouvelée il y a moins d'un an... Personne n'a vu Goldfinger hier soir vers dix heures... D'ailleurs, on ne le connaît pas, sauf dans un petit bar tenu par un Auvergnat, à cinquante mètres de chez lui, où il allait souvent téléphoner avant qu'on installe le téléphone chez lui, il y a deux ans...

— Le mariage remonte à...

— Huit ans... Maintenant, je me rends rue Lafayette... S'il y a eu rendez-vous, c'est presque sûrement là qu'il a été pris... Comme tout le monde se connaît dans le milieu des courtiers en diamants...

Maigret était vexé comme une punaise de ne pouvoir faire tout ça lui-même, se frotter aux gens qui avaient connu Goldfinger, compléter peu à peu, par petites touches, l'image qu'il se faisait de celui-ci.

— Allez-y, vieux... Tenez-moi au courant...

— Vous allez recevoir le rapport...

Mais cette pluie, qui tombait maintenant toute fine, avec l'air de ne jamais vouloir s'arrêter, lui donnait envie d'être dehors. Et il était forcé de s'occuper d'un personnage aussi banal qu'un escroc international spécialisé dans le lavage des chèques et des titres au porteur, un monsieur qui allait le prendre de haut pendant un temps plus ou moins long et qui finirait par manger le morceau.

On le lui amenait justement. C'était un bel homme d'une cinquantaine d'années, l'air aussi distingué que le plus racé des clubmen, qui feignait l'étonnement.

— Vous vous mettez à table ?

— Pardon ? disait l'autre en jouant avec son monocle. Je ne comprends pas. Il doit y avoir erreur sur la personne.

— Chante, fifi...

— Vous dites ?

— Je dis : *chante, fifi !*... Ecoutez, je n'ai pas la patience, aujourd'hui, de passer des heures à vous mijoter un interrogatoire à la chansonnette... Vous voyez ce bureau, n'est-ce pas ?... Dites-vous que vous n'en sortirez que quand vous aurez mangé le morceau... Janvier !... Lucas !... Retirez-lui sa cravate et ses lacets de souliers... Passez-lui les menottes... Surveillez-le et empêchez-le de bouger d'une patte... A tout à l'heure, mes enfants...

Tant pis pour Lognon qui avait la chance, lui, de prendre le vent rue Lafayette. Il sauta dans un taxi.

— Rue Caulaincourt. Je vous arrêterai...

Et cela lui faisait déjà plaisir de retrouver la rue où Goldfinger avait été tué, où il était mort, en tout cas, devant le poteau peint en rouge de Police-Secours.

Il prit, à pied, la rue Lamarck, le col du veston relevé, car, en dépit de Mme Maigret et de ses recommandations maternelles, il avait laissé son parapluie Quai des Orfèvres...

A quelques pas du 66 *bis*, il reconnut un inspecteur qu'il lui était arrivé de rencontrer et qui, bien que connaissant le fameux commissaire, crut discret de feindre de ne pas le voir.

— Viens ici... Personne n'est sorti ?... Personne n'est monté au troisième étage ?...

— Personne, monsieur Maigret... J'ai suivi dans l'escalier tous ceux qui entraient... Peu de monde... Rien que des livreurs...

— Mme Goldfinger est toujours couchée ?

— Probablement... Quant à la jeune sœur, elle est sortie et mon collègue Marsac est sur ses talons...

— Elle a pris un taxi ?

— Elle a attendu l'autobus au coin de la rue.

Maigret entra dans la maison, passa devant la loge

sans s'arrêter, monta au troisième étage et sonna à la porte de droite. Le timbre résonna. Il tendit l'oreille, la colla à la porte, mais n'entendit aucun bruit. Il sonna une seconde fois, une troisième. Il annonça à mi-voix :

— Police !...

Certes, il savait que Mme Goldfinger était couchée, mais elle n'était pas malade au point de ne pouvoir se lever et répondre, fût-ce à travers l'huis.

Il descendit rapidement dans la loge.

— Mme Goldfinger n'est pas sortie, n'est-ce pas ?

— Non, monsieur... Elle est malade... Le docteur est venu ce matin... Sa sœur, elle, est sortie...

— Vous avez le téléphone ?

— Non... Vous en trouverez un chez l'Auvergnat, à quelques pas d'ici...

Il s'y précipita, demanda le numéro de l'appartement, et la sonnerie d'appel résonna longuement dans le vide.

Le visage de Maigret, ce moment, exprimait l'ahurissement le plus complet. Il demanda la table d'écoute.

— Vous n'avez eu aucun appel pour l'appartement de Goldfinger ?

— Aucun... Pas une seule communication depuis que vous nous avez alertés cette nuit... A propos, l'inspecteur Lognon, lui aussi...

— Je sais...

Il était furieux. Ce silence ne correspondait à rien de ce qu'il avait imaginé. Il revint au 66 *bis*.

— Tu es sûr, demanda-t-il à l'inspecteur en faction, qu'il n'est monté personne au troisième ?

— Je vous le jure... J'ai suivi tous ceux qui ont pénétré dans la maison... J'en ai même fait une liste, comme l'inspecteur Lognon me l'avait recommandé...

Toujours le Lognon tatillon !

— Viens avec moi... S'il le faut, tu descendras chercher un serrurier... On doit en trouver un dans le quartier...

Ils gravirent les trois étages. Maigret sonna à nouveau. Silence, d'abord. Puis il lui sembla que quelqu'un s'agitait au fond de l'appartement. Il répéta :

— Police !

Et, une voix lointaine :

— Un instant...

Un instant qui dura plus de trois minutes. Fallait-il trois minutes pour passer un peignoir et des pantoufles, voire, à la rigueur, pour se rafraîchir le visage ?

— C'est vous, monsieur le commissaire ?

— C'est moi... Maigret...

Le déclic d'un verrou que l'on tire, d'une clef dans la serrure.

— Je vous demande pardon... Je vous ai fait attendre longtemps, n'est-ce pas ?

Et lui, soupçonneux, agressif :

— Que voulez-vous dire ?

S'aperçut-elle qu'elle venait de gaffer ? Elle balbutia, d'une voix ensommeillée, trop ensommeillée au gré du commissaire :

— Je ne sais pas... Je dormais... J'avais pris une drogue pour dormir... Il me semble que, dans mon sommeil, j'ai entendu la sonnerie.

— Quelle sonnerie ?

— Je ne pourrais pas vous dire... Cela se mélangeait à mon rêve... Entrez, je vous prie... Je n'étais pas en état, ce matin, d'accompagner votre inspecteur... Mon médecin était ici...

— Je sais...

Et Maigret, qui avait refermé la porte, laissant le jeune agent sur le palier, regardait autour de lui d'un air maussade.

Mathilde portait le même peignoir bleu que la veille au soir. Elle lui disait :

— Vous permettez que je me recouche ?

— Je vous en prie...

Il y avait encore, sur la table de la salle à manger, une tasse qui contenait un peu de café au lait, du pain et du beurre, les restes, sans doute, du petit déjeuner d'Eva. Dans la chambre en désordre, Mme Goldfinger se recouchait en poussant un soupir douloureux.

Qu'est-ce qu'il y avait qui n'allait pas ? Il remarqua que la jeune femme s'était couchée avec son peignoir. Cela pouvait évidemment être un signe de pudeur.

— Vous étiez sur le palier depuis longtemps ?

— Non...

— Vous n'avez pas téléphoné ?

— Non...

— C'est étrange... Dans mon rêve, il y avait une sonnerie de téléphone qui n'arrêtait pas...

— Vraiment ?

Bon. Il se rendait compte, maintenant, de ce qui le choquait. Cette femme, qu'il était censé tirer du plus profond sommeil, d'un sommeil encore alourdi par un narcotique, cette femme qui, trois heures plus tôt, au dire de son médecin, souffrait de dépression nerveuse, avait la coiffure aussi nette qu'une dame en visite.

Il y avait autre chose, un bas, un bas de soie qui dépassait un peu de dessous le lit. Fallait-il croire qu'il était là depuis la veille ? Maigret laissa tomber sa pipe et se baissa pour la ramasser, ce qui lui permit de voir que, sous le lit, *il n'y avait pas de second bas.*

— Vous m'apportez des nouvelles ?

— Tout au plus viens-je vous poser quelques questions... Un instant... Où est votre poudre ?

— Quelle poudre ?

— Votre poudre de riz...

Car elle était fraîchement poudrée et le commissaire n'apercevait aucune boîte à poudre dans la chambre.

— Sur la tablette du cabinet de toilette... Vous dites cela parce que je vous ai fait attendre ? C'est machinalement, je vous jure, que, quand j'ai entendu sonner, j'ai fait un brin de toilette...

Et Maigret avait envie de laisser tomber :

— Non...

A voix haute, il disait :

— Votre mari était assuré sur la vie ?

— Il a pris une assurance de trois cent mille francs l'année de notre mariage... Puis, plus tard, il en a souscrit une seconde afin que cela fasse le million...

— Il y a longtemps ?

— Vous trouverez les polices dans le secrétaire, derrière vous... Vous pouvez l'ouvrir... Il n'est pas fermé à clef... Elles sont dans le tiroir de gauche...

Deux polices, à la même compagnie. La première remontait à huit ans. Maigret tourna tout de suite la page, cherchant une clause qu'il était presque sûr de trouver.

En cas de suicide...

Quelques compagnies seulement couvrent le risque en cas de suicide. C'était le cas, avec une restriction cependant : la prime n'était payable, en cas de suicide, que si celui-ci survenait un an au moins après la signature de la police.

La seconde assurance, de sept cent mille francs, comportait la même clause. Maigret alla droit à la dernière page, afin de voir la date. La police avait été signée treize mois plus tôt, exactement.

— Votre mari, pourtant, à cette époque, ne faisait pas de brillantes affaires...

— Je sais... Je ne voulais pas qu'il prenne une aussi grosse assurance, mais il était persuadé que sa maladie était grave, et il tenait à me mettre à l'abri...

— Je vois qu'il a payé toutes les échéances, ce qui n'a pas dû être facile...

On sonnait. Mme Goldfinger esquissait un mouvement pour se lever, mais le commissaire allait ouvrir, se trouvait face à face avec un Lognon dont tout le sang paraissait quitter le visage et qui balbutiait, les lèvres tendues, comme un gosse qui va pleurer :

— Je vous demande pardon.

— Au contraire... C'est moi qui m'excuse... Entrez, mon vieux...

Maigret avait les polices à la main, et l'autre les avait vues, il les désignait du doigt.

— Ce n'est plus la peine... C'était justement pour cela que je venais...

— Dans ce cas, nous allons descendre ensemble.

— Il me semble, puisque vous êtes là, que je n'ai plus rien à faire et que je peux rentrer chez moi... Ma femme, justement, n'est pas bien...

Car Lognon, pour comble d'infortune, avait la femme la plus acariâtre du monde, qui se portait malade la moitié du temps, de sorte que c'était l'inspecteur qui devait faire le ménage en rentrant chez lui.

— Nous descendrons ensemble, vieux... Le temps de prendre mon chapeau...

Et Maigret était confus, prêt à balbutier des excuses. Il s'en voulait de faire de la peine à un pauvre bougre plein de bonne volonté. On montait l'escalier. C'était Eva qui regardait les deux hommes d'un œil froid et dont le regard allait tout de suite aux polices d'assurances. Elle passait devant eux avec un salut sec.

— Venez, Lognon. Je crois que nous n'avons rien à découvrir ici pour le moment... Dites-moi, mademoiselle, quand ont lieu les obsèques...

— Après-demain... On va ramener le corps cet après-midi...

— Je vous remercie...

Drôle de fille. C'était elle qui avait les nerfs si tendus qu'on aurait dû la mettre au lit avec une bonne dose de barbiturique.

— Ecoutez, mon vieux Lognon...

Les deux hommes descendaient l'escalier l'un derrière l'autre, et Lognon soupirait en hochant la tête :

— J'ai compris... Depuis la première minute...

— Qu'est-ce que vous avez compris ?

— Que ce n'est pas une affaire pour moi... Je vais vous faire mon dernier rapport...

— Mais non, mon vieux...

Ils passaient devant la loge de la concierge.

— Un instant... Une question à poser à cette brave

femme... Dites-moi, madame, est-ce que Mme Goldfinger sort beaucoup ?

— Le matin, pour faire son marché... Parfois, l'après-midi, pour aller dans les grands magasins, mais pas souvent...

— Elle reçoit des visites ?

— Pour ainsi dire jamais... Ce sont des gens très calmes...

— Il y a longtemps qu'ils sont dans la maison ?

— Six ans... Si tous les locataires leur ressemblaient...

Et Lognon, lugubre, tête basse, feignait de ne prendre aucune part à cette conversation qui ne le regardait plus, puisqu'un grand chef du Quai des Orfèvres lui coupait l'herbe sous le pied.

— Elle n'est jamais sortie davantage ?

— Si on peut dire... Cet hiver, à un moment donné... Il y a eu un moment où elle passait presque tous ses après-midi dehors... Elle m'a dit qu'elle allait tenir compagnie à une amie qui attendait un bébé...

— Et vous avez vu cette amie ?

— Non. Sans doute qu'elles se sont brouillées ensuite...

— Je vous remercie... C'était avant l'arrivée de Mlle Eva, n'est-ce pas ?...

— C'est à peu près vers ce moment-là que Mme Goldfinger a cessé de sortir, oui...

— Et rien ne vous a frappée ?...

La concierge dut penser à quelque chose. Un instant, son regard devint plus fixe, mais, presque aussitôt, elle hocha la tête.

— Non... Rien d'important...

— Je vous remercie.

Les deux inspecteurs, dans la rue, faisaient semblant de ne pas se connaître.

— Venez avec moi jusque chez *Manière*, inspecteur... Un coup de téléphone à donner, et je suis à vous.

— A votre disposition... soupirait Lognon de plus en plus lugubre.

Ils prirent l'apéritif dans un coin. Le commissaire pénétra dans la cabine pour téléphoner.

— Allô ! Lucas ?... Notre Commodore ?

— Il mijote...

— Toujours aussi fier ?

— Il commence à avoir soif et à saliver... Je crois qu'il donnerait cher pour un demi ou pour un cocktail...

— Il aura ça quand il se sera mis à table... A tout à l'heure...

Et il retrouva Lognon qui, sur la table de marbre du café, sur du papier à en-tête de chez *Manière,* commençait à écrire sa démission d'une belle écriture moulée de Sergent-Major.

CHAPITRE

3

Une locataire trop tranquille et un monsieur pas né d'hier

L'INTERROGATOIRE DU COMMODORE dura dix-huit heures, entrecoupé de coups de téléphone à Scotland Yard, à Amsterdam, à Bâle et même à Vienne. Le bureau de Maigret, à la fin, ressemblait à un corps de garde, avec des verres vides, des assiettes de sandwiches sur la table, des cendres de pipe un peu partout sur le plancher et des papiers épars. Et le commissaire, encore qu'il eût tombé la veste dès le début, avait de larges demi-cercles de sueur à sa chemise, sous les aisselles.

Il avait commencé par traiter en monsieur son prestigieux client. A la fin, il le tutoyait comme un vulgaire voleur à la tire ou comme un gars du milieu.

— Ecoute, mon vieux... Entre nous, tu sais bien que...

Il ne s'intéressait pas du tout à ce qu'il faisait. C'est peut-être, en définitive, à cause de cela qu'il vint à bout d'un des escrocs les plus coriaces. L'autre n'y comprenait rien, voyait le commissaire donner ou recevoir passionnément des coups de téléphone qui ne le concernaient pas toujours.

Pendant ce temps-là, c'était Lognon qui s'occupait de ce qui tenait tant à cœur à Maigret.

— Vous comprenez, mon vieux, lui avait-il dit chez *Manière*, il n'y a que quelqu'un du quartier, comme vous, pour s'y retrouver dans cette histoire... Vous connaissez mieux le coin et tous ces gens-là que n'importe qui... Si je me suis permis...

Du baume. De la pommade. Beaucoup de pommade pour adoucir les blessures d'amour-propre de l'inspecteur Malgracieux.

— Goldfinger a été tué, n'est-ce pas ?

— Puisque vous le dites...

— Vous le pensez, vous aussi... Et c'est un des plus beaux crimes que j'aie vus pendant ma carrière... Avec la police elle-même comme témoin du suicide... Ça, mon vieux, c'est fortiche, et j'ai bien vu que cela vous frappait dès le premier moment... Police-Secours qui assiste en quelque sorte au suicide... Seulement, il y a la trace du silencieux... Vous y avez pensé dès que Gastinne-Renette vous a fait son rapport... Une seule balle a été tirée avec le revolver de Goldfinger, et ce revolver, à ce moment-là, était muni d'un silencieux. Autrement dit, c'est un autre coup de feu, un *deuxième* coup de feu, tiré avec une *seconde* arme, que nous avons entendu...

» Vous connaissez cela aussi bien que moi...

» Goldfinger était un pauvre type, voué un jour ou l'autre à la faillite...

Un pauvre type, en effet. Lognon en avait la preuve. Rue Lafayette, on lui avait parlé du mort avec sympathie, mais aussi avec un certain mépris.

Car, là-bas, on n'a aucune pitié pour les gens qui se laissent rouler. Et il s'était laissé rouler ! Il avait vendu des pierres, avec paiement à trois mois, à un bijoutier de Bécon-les-Bruyères à qui on aurait donné le bon Dieu sans confession, un homme d'âge, père de famille, qui, emballé sur le tard pour une gamine pas même jolie, avait fait de la carambouille et avait fini par passer la frontière en compagnie de sa maîtresse.

Un trou de cent mille francs dans la caisse de Goldfinger, qui s'évertuait en vain à le boucher depuis un an.

— Un pauvre bougre, vous verrez, Lognon... Un

pauvre bougre qui ne s'est pas suicidé... L'histoire du silencieux le prouve... Mais qui a été assassiné salement, descendu par une crapule... C'est votre avis, n'est-ce pas ?... Et c'est sa femme qui va toucher un million...

» Je n'ai pas de conseils à vous donner, car vous êtes aussi averti que moi...

» Supposez que Mme Goldfinger ait été de mèche avec l'assassin, pour tout dire, à qui quelqu'un a bien dû passer l'arme qui était dans le tiroir... Après le coup, on a envie de communiquer, n'est-il pas vrai, ne fût-ce que pour se rassurer l'un l'autre ?...

» Or elle n'est pas sortie de l'immeuble... Elle n'a pas reçu de coup de téléphone...

» Vous comprenez ?... Je suis sûr, Lognon, que vous me comprenez... Deux inspecteurs sur le trottoir... La table d'écoute en permanence... Je vous félicite d'y avoir pensé...

» Et la police d'assurance ?... Et le fait qu'il n'y avait qu'un mois que la somme était payable en cas de suicide ?

» Je vous laisse faire, mon vieux... J'ai une autre histoire qui me réclame, et nul n'est mieux qualifié que vous pour mener celle-ci à bonne fin...

Voilà comment il avait eu Lognon.

Lognon qui soupirait encore :

— Je continuerai à vous adresser mes rapports en même temps qu'à mes chefs hiérarchiques...

Maigret était pour ainsi dire prisonnier dans son bureau, autant ou presque que le Commodore. Il n'y avait que le téléphone pour le relier à l'affaire de la rue Lamarck, qui seule l'intéressait. De temps en temps Lognon lui téléphonait, dans le plus pur style administratif :

— J'ai l'honneur de vous faire savoir que...

Il y avait eu, entre les deux sœurs, une scène, dont on avait entendu les échos dans l'escalier. Puis, le soir, Eva avait décidé d'aller coucher à *Hôtel Alsina* au coin de la place Constantin-Pecqueur.

— On dirait qu'elles se détestent...

— Parbleu !

Et Maigret ajoutait, en surveillant de l'œil son Commodore ahuri :

— Parce qu'il y a une des deux sœurs qui était amoureuse de Golfinger, et c'était la plus jeune... Vous pouvez être sûr, Lognon, que celle-là a tout compris... Ce qui reste à savoir, c'est comment l'assassin communiquait avec Mme Goldfinger... Pas par téléphone, nous en avons la certitude, grâce à la table d'écoute... Et elle ne le voyait pas non plus en dehors de la maison...

Mme Maigret lui téléphonait :

— Quand est-ce que tu rentres ?... Tu oublies qu'il y a vingt-quatre heures que tu n'as pas dormi dans un lit...

Il répondait :

— Tout à l'heure...

Puis il reprenait une vingtième, une trentième fois l'interrogatoire du Commodore, qui finit, par lassitude, par se dégonfler.

— Emmenez-le, mes enfants, dit-il à Lucas et à Janvier... Un instant... Passez d'abord par le bureau des inspecteurs...

Ils étaient là sept ou huit devant Maigret, qui commençait à être à bout de fatigue.

— Ecoutez, mes enfants... Vous vous souvenez de la mort de Stan, faubourg Saint-Antoine... Eh bien ! Il y a quelque chose qui m'échappe... Un nom que j'ai sur le bout de la langue... Un souvenir qu'un effort suffirait à raviver...

Ils cherchaient tous, impressionnés, parce que Maigret, à ces moments-là, après des heures de tension nerveuse, les écrasait toujours un peu. Seul Janvier, comme un écolier, fit le geste de lever le doigt.

— Il y avait Mariani... dit-il.

— Il était avec nous au moment de l'affaire de Stan le Tueur ?

— C'est la dernière affaire à laquelle il a été mêlé...

Et Maigret sortit en claquant la porte. Il avait trouvé. Dix mois plus tôt, on lui avait flanqué un candidat inspecteur qui était pistonné par un ministre quelconque. C'était un bellâtre — un maquereau, dirait le commissaire — qu'il avait supporté pendant quelques semaines dans son service et qu'il avait été obligé de flanquer à la porte.

Le reste regardait Lognon. Et Lognon fit ce qu'il y avait à faire, patiemment, sans génie, mais avec sa minutie habituelle.

Dix jours, douze jours durant, la maison des Goldfinger fut l'objet de la surveillance la plus étroite. Pendant tout ce temps-là, on ne découvrit rien, sinon que la jeune Eva épiait sa sœur, elle aussi.

Le treizième jour, on frappa à la porte de l'appartement où la veuve du courtier en diamants aurait dû se trouver, et on constata qu'il était vide.

Mme Goldfinger n'était pas sortie et on la retrouva dans l'appartement situé juste au-dessus du sien, loué au nom d'un sieur Mariani.

Un monsieur qui, depuis qu'il avait été expulsé de la P.J., vivait surtout d'expédients...

... Qui avait de gros appétits et une certaine séduction, au moins aux yeux d'une Mme Goldfinger dont le mari était malade...

Ils n'avaient besoin ni de se téléphoner ni de se rencontrer dehors...

Et il y avait une belle prime d'un million à la clef si le pauvre type de courtier se suicidait plus d'un an après avoir signé sa police d'assurance...

Un coup de feu, avec le silencieux placé sur le propre revolver du mort fourni par l'épouse...

Puis un second coup de feu, avec une autre arme, devant la borne de Police-Secours, un coup de feu, qui, celui-ci, devait établir péremptoirement le suicide et empêcher que la police recherchât un assassin...

— Vous avez été un as, Lognon.

— Monsieur le commissaire...

— Est-ce vous ou moi qui les avez surpris dans leur garçonnière du quatrième étage ?... Est-ce vous qui avez entendu les signaux qu'ils se faisaient à travers le plancher ?...

— Mon rapport dira...

— Je me fiche de votre rapport, Lognon... Vous avez gagné la partie... Et contre des gens rudement forts... Si vous me permettez de vous inviter à dîner ce soir chez *Manière*...

— C'est que...

— Que quoi ?

— Que ma femme est à nouveau mal portante et que...

Que faire pour des gens comme ça, qui sont obligés de vous quitter pour rentrer chez eux laver la vaisselle et peut-être astiquer les parquets ?

Et pourtant c'était à cause de lui, à cause des susceptibilités de l'inspecteur Malgracieux, que Maigret s'était privé des joies d'une des enquêtes qui lui tenaient le plus à cœur.

5 mai 1946.

LE TÉMOIGNAGE DE L'ENFANT DE CHŒUR

CHAPITRE

1

Les deux coups de la messe de six heures

IL PLEUVAIT TOUT FIN, ET LA pluie était froide. Il faisait noir. Vers le bout de la rue seulement, du côté de la caserne où, à cinq heures et demie, on avait entendu des sonneries de trompettes et d'où parvenaient des bruits de chevaux que l'on mène à l'abreuvoir, on apercevait le rectangle faiblement éclairé d'une fenêtre : quelqu'un qui se levait de bonne heure, ou peut-être un malade qui avait veillé toute la nuit.

Le reste de la rue dormait. Une rue calme, large, presque neuve, aux maisons à peu près pareilles, à un étage, à deux étages au maximum, comme on en trouve dans les faubourgs de la plupart des grandes villes de province.

Tout le quartier était neuf, sans mystère, habité par des gens calmes et modestes, des employés, des voyageurs de commerce, des petits rentiers, des veuves paisibles.

Maigret, le col du pardessus relevé, s'était collé dans l'encoignure d'une porte cochère, celle de l'école des garçons, et il attendait, sa montre à la main, en fumant sa pipe.

A six heures moins le quart exactement, des cloches sonnèrent derrière lui à l'église de la paroisse, et il savait que, comme disait le gamin, c'était le « premier coup » de la messe de six heures.

Le bruit des cloches vibrait encore dans l'air mouillé qu'il percevait, qu'il devinait plutôt, dans la maison d'en face, l'éclatement énervant d'un réveille-matin. Cela ne dura que quelques secondes. La main de l'enfant, dans l'obscurité, avait déjà dû se tendre hors de la moiteur du lit et atteindre en tâtonnant le cran d'arrêt du réveil. Quelques instants plus tard, la fenêtre mansardée du deuxième étage s'éclairait.

Cela se passait exactement comme le gamin l'avait dit. Il se levait le premier, sans bruit, dans la maison encore endormie. Maintenant, il devait attraper ses vêtements, ses chaussettes, se passer de l'eau sur le visage et les mains, se donner un coup de peigne. Quant à ses souliers, il avait affirmé :

— Je les tiens à la main jusqu'en bas, et je les mets sur la dernière marche de l'escalier afin de ne pas éveiller mes parents.

Il en était de même tous les jours, hiver comme été, depuis près de deux ans, depuis que Justin avait commencé à servir la messe de six heures à l'hôpital.

Il avait déclaré aussi :

— L'horloge de l'hôpital retarde toujours de trois ou quatre minutes sur celle de la paroisse.

Et le commissaire en avait la preuve. Ses inspecteurs, la veille, à la brigade mobile où il était détaché depuis quelques mois, avaient haussé les épaules devant ces histoires minutieuses de cloches, de « premier coup » et de « second coup ».

Est-ce parce que Maigret avait été longtemps enfant de chœur, lui aussi, qu'il n'avait pas souri ?

Les cloches de la paroisse d'abord, à six heures moins le quart. Puis le réveille-matin de Justin, dans la mansarde où couchait le gamin. Puis, à quelques instants d'intervalle, les cloches plus grêles, plus argentines de la chapelle de l'hôpital, qui faisaient penser aux cloches d'un couvent.

Il avait toujours sa montre à la main. L'enfant mit

à peine un peu plus de quatre minutes pour s'habiller. La lumière s'éteignit. Il devait descendre l'escalier à tâtons, toujours pour ne pas réveiller ses parents, s'asseoir sur la dernière marche et mettre ses chaussures, décrocher son pardessus et sa casquette au portemanteau de bambou qu'il y avait à droite dans le corridor.

La porte s'ouvrit. Le gamin la referma sans bruit, regarda des deux côtés de la rue avec anxiété, vit la lourde silhouette du commissaire qui s'approchait.

— J'avais peur que vous ne soyez pas là.

Et il se mettait à marcher vite. C'était un petit bonhomme de douze ans, blond, maigre, déjà volontaire.

— Vous voulez que je fasse juste la même chose que les autres jours, n'est-ce pas ? Je marche toujours vite, d'abord parce que j'ai fini par calculer les minutes qu'il me faut, ensuite parce que, l'hiver, quand il fait noir, j'ai peur. Dans un mois, à cette heure-ci, il commencera à faire jour.

Il prenait la première rue à droite, une rue calme encore, plus courte, qui débouchait sur une place ronde plantée d'ormes et que des voies de tramways traversaient en diagonale.

Et Maigret remarquait de minuscules détails qui lui rappelaient son enfance. D'abord que le gosse ne marchait pas le long des maisons, sans doute parce qu'il avait peur de voir soudain surgir quelqu'un de l'ombre d'un seuil. Puis que, pour traverser la place, il évitait de même les arbres, derrière le tronc desquels un homme aurait pu se cacher.

Il était brave, en somme, puisque, pendant deux hivers, par tous les temps, parfois dans un brouillard épais ou dans le noir presque absolu des nuits sans lune, il avait parcouru, chaque matin, tout seul, le même chemin.

— Quand nous arriverons au milieu de la rue Sainte-Catherine, vous entendrez le second coup de la messe à l'église de la paroisse...

— A quelle heure passe le premier tram ?

— A six heures. Je ne l'ai vu que deux ou trois fois, lorsque j'étais en retard... Une fois parce que mon réveil n'avait pas sonné... Une autre fois parce que je m'étais rendormi. C'est pour cela que je saute tout de suite du lit quand il sonne.

Un petit visage pâlot dans la nuit pluvieuse, des yeux qui gardaient un peu de la fixité du sommeil, une expression réfléchie, avec seulement un tout petit rien d'anxiété.

— Je ne continuerai pas à servir la messe. C'est parce que vous avez insisté que je suis venu aujourd'hui...

Ils prenaient, à gauche, la rue Sainte-Catherine où, comme dans les autres rues du quartier, il y avait un réverbère tous les cinquante mètres. Une flaque de lumière, chaque fois. Et l'enfant marchait plus vite, inconsciemment, entre ces flaques que quand il traversait leur zone rassurante.

On entendait toujours la rumeur lointaine de la caserne. Quelques fenêtres s'éclairaient. Quelqu'un marchait, quelque part, dans une rue transversale, sans doute un ouvrier qui se rendait à son travail.

— Quand vous êtes arrivé au coin de la rue, vous n'avez rien vu ?

C'était le point le plus délicat, car la rue Sainte-Catherine était bien droite, déserte, avec ses trottoirs tirés au cordeau, ses réverbères régulièrement plantés, qui ne laissaient pas assez d'ombre entre eux pour qu'on n'aperçoive pas, fût-ce à cent mètres, deux hommes en train de se disputer.

— Peut-être que je ne regardais pas devant moi. Je parlais tout seul, je m'en souviens... Il m'arrive... souvent, le matin, quand je fais le chemin, de parler tout seul, à mi-voix... Je voulais demander quelque chose à ma mère, en rentrant, et je me répétais ce que j'allais lui dire...

— Qu'est-ce que vous vouliez lui dire ?

— Il y a longtemps que j'ai envie d'un vélo... J'ai déjà économisé trois cents francs sur les messes.

Etait-ce une impression ? Il sembla à Maigret que l'enfant s'écartait davantage des maisons. Il descendait même du trottoir, pour y remonter un peu plus loin.

— C'est ici... Tenez... Voilà le second coup qui sonne à la paroisse...

Et Maigret s'efforçait, sans souci du ridicule, de pénétrer dans cet univers qui était chaque matin l'univers du gosse.

— J'ai dû relever la tête... Vous savez, comme quand on court sans regarder devant soi et qu'on se trouve devant un mur... C'était à cet endroit exactement...

Il désignait sur le trottoir, la ligne séparant l'ombre de la lumière d'un réverbère, dans laquelle la pluie fine mettait une poussière lumineuse.

— J'ai d'abord vu qu'il y avait un homme couché de tout son long et il m'a paru si grand que j'aurais juré qu'il occupait toute la largeur du trottoir.

C'était impossible, car le trottoir avait au moins deux mètres cinquante de large.

— Je ne sais pas ce que j'ai fait au juste... J'ai dû faire un écart... Je ne me suis pas sauvé tout de suite, puisque j'ai vu le couteau dans sa poitrine, avec un gros manche en corne brune... Je l'ai remarqué parce que mon oncle Henri a un couteau presque pareil et qu'il m'a dit que c'était de la corne de cerf... Je suis sûr que l'homme était mort...

— Pourquoi ?

— Je ne sais pas... Il avait l'air d'un mort...

— Ses yeux étaient fermés ?

— Je n'ai pas remarqué ses yeux... Je ne sais plus... Mais j'ai eu la sensation qu'il était mort... Cela s'est passé très vite, comme je vous l'ai dit hier dans votre bureau... On m'a tant de fois fait répéter la même chose pendant la journée d'hier que je ne m'y retrouve plus... Surtout quand je sens qu'on ne me croit pas...

— Et l'autre homme ?

— Quand j'ai relevé la tête, j'ai vu qu'il y avait quelqu'un un peu plus loin, peut-être à cinq mètres, quelqu'un qui avait des yeux très clairs, qui m'a regardé une seconde et qui s'est mis à courir. C'était l'assassin...

— Comment le savez-vous ?

— Parce qu'il s'est enfui à toutes jambes.

— Dans quelle direction ?

— Tout droit par là...

— C'est-à-dire du côté de la caserne ?

— Oui...

C'était vrai que Justin avait été questionné au moins dix fois la veille. Avant l'arrivée de Maigret au bureau, les inspecteurs en avaient même fait une sorte de jeu. Or, pas une seule fois il n'avait varié du moindre détail.

— Et qu'est-ce que vous avez fait ?

— Je me suis mis à courir aussi... C'est difficile à expliquer... Je crois que c'est au moment où j'ai vu l'homme qui s'enfuyait que j'ai eu peur... Et alors j'ai couru de toutes mes forces...

— Dans la direction contraire ?

— Oui.

— Vous n'avez pas eu l'idée d'appeler au secours ?

— Non... j'avais trop peur... J'avais surtout peur que mes jambes mollissent tout à coup, car je ne les sentais pour ainsi dire plus... J'ai fait demi-tour jusqu'à la place du Congrès... J'ai pris l'autre rue, qui conduit elle aussi, à l'hôpital, mais en faisant un crochet.

— Marchons.

Des cloches à nouveau, des cloches grêles, celles de la chapelle. Après avoir parcouru une cinquantaine de mètres, on arrivait à un carrefour, et on trouvait à gauche les murs percés de meurtrières de la caserne, à droite un immense portail faiblement éclairé, surmonté du cadran glauque d'une horloge.

Il était six heures moins trois minutes.

— Je suis d'une minute en retard... Hier, je suis arrivé à temps quand même, parce que j'ai couru...

Sur la porte de chêne plein, il y avait un lourd marteau, que l'enfant souleva et dont le vacarme retentit dans le porche. Un portier en pantoufles vint ouvrir, laissa passer Justin, se plaça en travers du chemin de Maigret, qu'il regarda avec méfiance.

— Qu'est-ce que c'est ?

— Police.

— Vous avez une carte ?

On franchissait un porche, où l'on percevait les premières odeurs d'hôpital, puis, après une seconde porte, on se trouvait dans une vaste cour où se dressaient les pavillons. De loin, dans l'obscurité, on devinait les cornettes blanches des bonnes sœurs qui se dirigeaient vers la chapelle.

— Pourquoi, hier, n'avez-vous rien dit au portier ?

— Je ne sais pas... J'avais hâte d'être arrivé...

Maigret comprenait cela. Le havre, ce n'était pas le porche administratif, avec son portier méfiant et revêche, ni cette cour froide où passaient de silencieuses civières : c'était la sacristie chaude, près de la chapelle où une bonne sœur allumait les cierges de l'autel.

En somme, il y avait deux pôles entre lesquels, chaque matin, le gamin se précipitait avec une sorte de vertige : sa chambre, sous le toit, dont le tirait la sonnerie du réveille-matin, puis, à l'autre bout d'une sorte de vide que des cloches étaient seules à animer, la sacristie de la chapelle.

— Vous entrez avec moi ?

— Oui.

Justin parut contrarié, choqué plutôt, sans doute à l'idée que ce commissaire, qui était peut-être un mécréant, allait pénétrer dans son univers sacré.

Et cela aussi fit comprendre à Maigret pourquoi, chaque matin, l'enfant avait le courage de se lever de si bonne heure et de surmonter ses frayeurs.

La chapelle était chaude et intime. Déjà les malades en uniforme gris-bleu, certains avec des pansements autour de la tête, des bras en écharpe, des béquilles, étaient alignés sur les bancs de la nef.

Dans la galerie, les bonnes sœurs formaient comme un troupeau uniforme, et toutes les cornettes blanches s'abaissaient à la fois dans une adoration mystique.

— Suivez-moi.

Il fallait monter quelques marches, passer près de l'autel, où les cierges brûlaient déjà. A droite, il y avait une sacristie aux boiseries sombres, un prêtre très grand et décharné qui achevait de revêtir ses vêtements sacerdotaux, un surplis aux fines dentelles qui attendait l'enfant de chœur et une bonne sœur occupée à remplir les burettes.

C'était ici seulement que, la veille, haletant, le souffle brûlant, les jambes vacillantes, Justin avait fait halte. C'était ici qu'il s'était écrié :

— On vient de tuer un homme rue Sainte-Catherine...

Une petite horloge encastrée dans la boiserie marquait six heures exactement. Des cloches sonnaient à nouveau, qu'on entendait moins distinctement du dedans que du dehors. Justin disait à la bonne sœur qui lui passait son surplis :

— C'est le commissaire de police...

Et Maigret restait là, cependant que l'enfant, précédant l'aumônier, agitant en marchant les plis de sa soutane rouge, se précipitait vers les marches de l'autel.

La sœur sacristine avait dit :

— Justin est un bon petit garçon très pieux, qui ne nous a jamais menti... Il lui est arrivé parfois de ne pas venir servir la messe... Il aurait pu prétendre qu'il avait été malade... Eh bien ! non... Il avouait franchement qu'il n'avait pas eu le courage de se lever parce qu'il faisait trop froid ou parce qu'il avait eu des cauchemars pendant la nuit et qu'il se sentait fatigué...

Et l'aumônier, la messe dite, avait regardé le commissaire de ses yeux clairs de saint de vitrail.

— Pourquoi voudriez-vous que cet enfant ait inventé pareille histoire ?

Maigret savait maintenant comment les choses s'étaient passées la veille à la chapelle de l'hôpital. Justin, qui claquait des dents, qui, au bout de son rouleau, piquait enfin une vraie crise de nerfs. La messe qu'on ne pouvait pas retarder. La sœur sacristine qui prévenait la supérieure et qui servait la messe à la place de l'enfant, auquel, pendant ce temps-là, dans la sacristie, on prodiguait des soins.

C'était après dix minutes seulement que la sœur supérieure avait eu l'idée d'alerter la police. Il fallait traverser la chapelle. Tout le monde sentait qu'il se passait quelque chose.

Au commissariat du quartier, le brigadier de garde ne comprenait pas.

— Comment ?... La sœur supérieure ?... Supérieure de quoi ?...

Et on lui répétait à voix basse, comme on parle dans les couvents, qu'il y avait eu un crime rue Sainte-Catherine, et les agents n'avaient rien trouvé, ni victime, ni, bien entendu, assassin...

Comme les autres jours, comme si rien ne s'était passé, Justin était allé à l'école, à huit heures et demie, et c'était dans sa classe que l'inspecteur Besson, un petit râblé, qui avait l'air d'un boxeur et qui jouait les durs, l'avait rejoint à neuf heures et demie, quand le rapport était arrivé à la brigade mobile.

Pauvre gosse ! Pendant deux bonnes heures, dans un bureau morne qui sentait la pipe et le poêle qui ne tirait pas, on l'avait interrogé, non comme un témoin, mais comme un coupable.

Tour à tour, les trois inspecteurs, Besson, Thiberge et Vallin avaient essayé de le mettre dedans, de le faire varier dans sa déposition.

Et, par-dessus le marché, la maman avait suivi son

fils. Elle se tenait dans l'antichambre, en larmes ou à renifler, à répéter à tout le monde :

— Nous sommes des gens honnêtes qui n'avons jamais eu affaire à la police.

Maigret, qui avait travaillé tard la veille, car il était sur une affaire de stupéfiants, n'était arrivé à son bureau que vers onze heures.

— Qu'est-ce que c'est ? avait-il questionné en voyant le gosse, sans une larme, dressé sur ses jambes maigres comme sur des ergots.

— Un môme qui est en train de se payer notre tête... Il prétend avoir vu un cadavre, dans la rue, et même un assassin qui s'est enfui à son approche. Or un tramway passait dans la même rue quatre minutes plus tard, et le conducteur n'a rien vu... La rue est calme et personne n'a rien entendu... Enfin, quand la police a été alertée, un quart d'heure après, par je ne sais quelle bonne sœur, il n'y avait absolument rien sur le trottoir, pas la moindre tache de sang...

— Venez dans mon bureau, mon petit.

Et Maigret, le premier, ce jour-là, n'avait pas tutoyé Justin. Le premier, il l'avait traité non comme un gamin imaginatif ou vicieux, mais comme un petit homme.

Il s'était fait répéter l'histoire, simplement, tranquillement, sans interrompre, sans prendre de notes.

— Vous allez continuer à servir la messe à l'hôpital ?

— Non. Je ne veux plus y aller. J'ai trop peur.

C'était pourtant un gros sacrifice. Certes, l'enfant était pieux. Certes, il goûtait profondément la poésie de cette première messe dans l'atmosphère chaude et un peu mystérieuse de la chapelle.

Mais, en outre, ces messes lui étaient payées, très peu de chose, assez pourtant pour lui permettre de se constituer un petit pécule. Et il avait tellement envie d'une bicyclette que ses parents ne pouvaient pas lui offrir !

— Je vous demanderai d'y aller encore une fois, une seule, demain matin.

— Je n'oserai pas faire la route.

— Je la ferai avec vous... Je vous attendrai devant votre maison. Vous vous comporterez exactement comme les autres jours...

C'est ce qui venait de se passer, et Maigret, à sept heures du matin, se retrouvait tout seul à la porte de l'hôpital, dans un quartier que, la veille, il ne connaissait que pour l'avoir traversé en tramway ou en auto.

Il tombait toujours, d'un ciel maintenant glauque, un crachin glacé qui finissait par coller aux épaules du commissaire, et il lui arriva deux fois d'éternuer. Quelques passants allaient le long des maisons, le col du pardessus relevé, les mains dans les poches, et on voyait les bouchers, les épiciers, lever le volet de leur devanture.

C'était le quartier le plus banalement paisible qu'il fût possible d'imaginer. Que deux hommes, deux ivrognes, par exemple, se fussent disputés, à six heures moins cinq du matin, sur le trottoir de la rue Sainte-Catherine, cela pouvait se concevoir à la rigueur.

A la rigueur aussi, on pouvait admettre qu'un vagabond, un mauvais garçon quelconque, eût attaqué un passant matinal pour le dévaliser et lui eût donné un coup de couteau.

Seulement, il y avait la suite. Au dire du gamin, l'assassin s'était enfui à son approche et il était à ce moment six heures moins cinq minutes.

Or, à six heures, le premier tramway passait, et le conducteur affirmait n'avoir rien vu.

Il pouvait être distrait, avoir regardé dans la direction opposée.

Mais, à six heures cinq, deux agents de police, qui achevaient leur ronde passaient sur le même trottoir. Et ils n'avaient rien vu !

A six heures sept ou six heures huit, un capitaine de cavalerie qui habitait à trois maisons de l'endroit désigné par Justin était sorti de chez lui, comme chaque matin, pour se rendre à la caserne.

Il n'avait rien vu non plus !

Enfin, à six heures vingt, les agents cyclistes envoyés par le commissariat du quartier ne trouvaient pas davantage trace de la victime.

Etait-on venu, entre-temps, enlever le corps en auto ou en camionnette ? Maigret, posément, sans se frapper, avait tenu à envisager toutes les hypothèses, et celle-ci s'était trouvée aussi fausse que les autres. Il y avait une femme malade, au quarante-deux de la rue. Son mari l'avait veillée toute la nuit. Il était affirmatif.

— Nous entendons tous les bruits du dehors. J'y suis d'autant plus attentif que ma femme, qui souffre beaucoup, tressaille douloureusement au moindre bruit. Tenez... C'est le tram qui l'a réveillée, alors qu'elle venait à peine de s'endormir... J'affirme qu'il n'est passé aucune voiture avant sept heures du matin... La première à passer a été celle qui ramasse les poubelles.

— Et vous n'avez rien entendu d'autre ?

— On a couru, à un moment donné...

— Avant le tramway ?

— Oui, car ma femme dormait... J'étais en train de me préparer du café sur le réchaud.

— Une personne qui courait ?

— Plutôt deux...

— Vous ne savez pas dans quelle direction ?

— Le store était baissé... Comme il grince quand on le lève, je n'ai pas regardé...

C'était le seul témoignage en faveur de Justin. Il y avait un pont, à deux cents mètres de là. Et l'agent en faction n'avait vu passer aucune auto.

Fallait-il supposer que, quelques minutes à peine après s'être enfui, l'assassin fût venu charger sa victime sur ses épaules pour l'emporter Dieu sait où sans attirer l'attention ?

Il y avait pire encore, il y avait un témoignage qui faisait hausser les épaules quand on parlait de l'histoire du gamin. L'endroit qu'il avait désigné était situé en face du soixante et un. L'inspecteur Thiberge s'y était présenté la veille, et Maigret, qui ne laissait rien au hasard, y sonnait maintenant à son tour.

C'était une maison presque neuve, en briques roses, avec un seuil de trois marches et une porte en pitchpin verni, sur laquelle brillait le cuivre poli de la boîte aux lettres.

Il n'était que sept heures et quart du matin, mais d'après ce qu'on lui avait dit, le commissaire pouvait se présenter à cette heure.

Une vieille femme, sèche et moustachue, ouvrit d'abord un judas et parlementa avant de lui donner accès au vestibule qui sentait bon le café frais.

— Je vais voir si M. le juge veut bien vous recevoir...

Car la maison était habitée par un juge de paix en retraite, qui passait pour avoir des rentes et qui vivait seul avec sa servante.

On chuchota dans la pièce de devant, qui aurait normalement dû être le salon. Puis la vieille vint dire méchamment :

— Entrez... Essuyez vos pieds, s'il vous plaît... Vous n'êtes pas dans une écurie.

Ce n'était pas un salon, ni rien de ce qu'on a l'habitude d'imaginer. La pièce, assez vaste, tenait de la chambre à coucher, du cabinet de travail, de la bibliothèque et même du grenier, car les objets les plus inattendus y étaient entassés.

— Vous venez chercher le cadavre ? ricana une voix qui fit sursauter le commissaire.

Comme il y avait un lit, il avait tout naturellement regardé dans sa direction, mais il était vide. La voix venait du coin de la cheminée, où un vieillard maigre était enfoui au fond d'un fauteuil, un plaid autour des jambes.

— Enlevez votre pardessus, car j'adore la chaleur, et vous ne tiendrez pas longtemps ici.

C'était vrai. Le vieillard, qui avait des pinces à portée de la main, s'ingéniait à tirer les plus hautes flammes possible d'un feu de bûches.

— Je croyais que, depuis mon temps, la police avait fait quelques progrès et qu'elle avait appris à se méfier du témoignage des enfants. Les enfants et les jeunes filles, voilà les témoins les plus dangereux, et quand j'étais juge...

Il était vêtu d'une robe de chambre épaisse et, malgré la température de la pièce, il portait en outre, autour du cou, une écharpe aussi large qu'un châle.

— Donc, c'est en face de chez moi que le crime aurait été commis, n'est-ce pas ?... Et vous êtes, si je ne me trompe, le fameux commissaire Maigret, qu'on a daigné envoyer en notre ville pour y réorganiser la brigade mobile ?...

Sa voix grinçait. C'était le vieillard mauvais, agressif, à l'ironie féroce.

— Eh bien ! mon cher commissaire, à moins que vous m'accusiez d'être de mèche avec l'assassin en personne, j'ai le regret de vous apprendre, comme je l'ai déjà dit hier à votre jeune inspecteur, que vous faites fausse route.

» On vous a sans doute dit que les vieillards ont besoin de fort peu de sommeil... Il y a aussi des gens qui, pendant toute leur vie, dorment très peu... Cela a été le cas d'Erasme, par exemple, et aussi d'un monsieur connu sous le nom de Voltaire.

Son regard allait avec satisfaction aux rayons de la bibliothèque, où des livres étaient empilés jusqu'au plafond.

— Ce fut le cas de bien d'autres que vous ne devez pas connaître davantage... Bref, c'est le mien, et je me targue de n'avoir pas dormi plus de trois heures par nuit pendant les quinze dernières années... Comme, depuis dix ans, mes jambes se refusent à me porter, comme, d'ailleurs, je n'ai nulle curiosité des endroits où elles pourraient me conduire, je vis jour et nuit dans cette pièce qui, vous pouvez vous en rendre compte, donne directement sur la rue...

» Dès quatre heures du matin, je suis dans ce fauteuil, l'esprit lucide, croyez-le... Je pourrais vous montrer le livre dans lequel je me trouvais plongé hier matin, mais il s'agit d'un philosophe grec et je suppose que cela ne vous intéresse pas.

» Toujours est-il que, si un événement dans le genre de celui que votre garçon à l'imagination trop vive raconte s'était produit sous ma fenêtre, je puis vous affirmer que je m'en serais aperçu... Les jambes sont devenues faibles, je vous l'ai dit... Mais l'ouïe demeure bonne...

» Enfin, je suis resté assez curieux par nature pour m'intéresser à tout ce qui se passe dans la rue et, si cela vous amuse, je puis vous dire à quelle heure chaque ménagère du quartier passe devant ma fenêtre pour aller faire son marché.

Il regardait Maigret avec un sourire triomphant.

— Vous aviez donc l'habitude d'entendre le jeune Justin passer devant chez vous ? questionnait le commissaire avec une douceur évangélique.

— Naturellement.

— De l'entendre et de le voir ?

— Je ne comprends pas.

— Pendant plus de la moitié, près des deux tiers de l'année, il fait grand jour à six heures du matin... Or l'enfant servait la messe de six heures, été comme hiver.

— Je le voyais passer.

— Etant donné qu'il s'agissait d'un événement aussi quotidien et aussi régulier que le premier tram, vous deviez y être attentif...

— Que voulez-vous dire ?

— Que, par exemple, quand une sirène d'usine fonctionne chaque jour à la même heure dans un quartier, quand une personne passe devant vos fenêtres avec une régularité de pendule, vous vous dites tout naturellement :

» — Tiens ! il est telle heure.

» Et si, un jour, la sirène ne retentit pas, vous remarquez :

» — Nous sommes donc dimanche...

» Si la personne ne passe pas, vous vous demandez :

» — Qu'a-t-il pu lui arriver ?... Est-elle malade ?...

Le juge regardait Maigret avec de petits yeux vifs et comme perfides. Il avait l'air de lui en vouloir de lui donner une leçon.

— Je sais tout ça... grommela-t-il en faisant craquer ses doigts secs. J'ai été juge avant que vous soyez de la police.

— Lorsque l'enfant de chœur passait...

— Je l'entendais, si c'est cela que vous voulez me faire admettre !

— Et s'il ne passait pas ?

— Il aurait pu m'arriver de m'en apercevoir. Mais il aurait pu m'arriver de ne pas le remarquer. Comme pour la sirène dont vous parliez tout à l'heure. On n'est pas frappé tous les dimanches par l'absence de la sirène...

— Et hier ?

Est-ce que Maigret se trompait ? Il avait l'impression que le vieux juge se renfrognait, qu'il y avait quelque chose de boudeur, de farouchement hermétique dans sa physionomie. Est-ce que les vieillards ne boudent pas comme les enfants ? N'ont-ils pas souvent les mêmes obstinations puériles ?

— Hier ?

— Oui, hier...

Pourquoi répéter la question, sinon pour se donner le temps de prendre une décision ?

— Je n'ai rien remarqué.

— Ni qu'il était passé...

— Non...

— Ni qu'il n'était pas passé...

— Non...

Il mentait une des deux fois, Maigret en avait la certitude. Il tenait à continuer l'épreuve, et il continuait de questionner :

— On n'a pas couru sous vos fenêtres ?

— Non.

Cette fois, le non était direct et le vieillard ne devait pas mentir.

— Vous n'avez entendu aucun bruit anormal ?

— Non.

Toujours le même « non » franc et comme triomphant.

— Pas de piétinement, de choc de corps qui tombe, de râles ?

— Rien du tout...

— Je vous remercie.

— Il n'y a pas de quoi.

— Etant donné que vous avez été magistrat, je ne vous demande évidemment pas si vous êtes prêt à réitérer vos déclarations sous la loi du serment.

— Quand vous voudrez...

Et le vieillard disait cela avec une sorte d'impatience joyeuse.

— Je m'excuse de vous avoir dérangé, monsieur le juge.

— Je vous souhaite bien du succès dans votre enquête, monsieur le commissaire.

La vieille bonne devait être restée derrière la porte, car elle se trouva sur le seuil à point donné pour reconduire le commissaire et refermer l'huis derrière lui.

C'était une drôle de sensation que celle de Maigret, à ce moment-là, tandis qu'il reprenait pied dans la vie de tous les jours, dans cette calme rue du faubourg où les ménagères commençaient à se diriger vers les boutiques et où on voyait des enfants se rendre à l'école.

Il lui semblait qu'il venait d'être mystifié, et pourtant il aurait juré que le juge n'avait pas menti, sinon une fois, par omission. Il avait l'impression aussi qu'à certain moment il avait été sur le point de découvrir quelque chose de très drôle, de très subtil, de très inattendu ; qu'à ce moment-là il n'y aurait eu qu'un petit effort à accomplir, mais qu'il en avait été incapable.

Il revoyait le gosse ; il revoyait le vieillard. Il cherchait un lien.

Il bourra lentement sa pipe debout au bord du trottoir. Puis, comme il n'avait pas encore pris son petit déjeûner, comme il n'avait même pas bu une tasse de café en se levant et que son pardessus mouillé lui collait aux épaules, il alla attendre le tram au coin de la place du Congrès pour rentrer chez lui.

CHAPITRE

2

La tisane de Mme Maigret et les pipes du commissaire

LA MASSE DES DRAPS ET DES couvertures se souleva comme une houle, un bras émergea, on aperçut sur l'oreiller un visage rouge et luisant de sueur ; une voix maussade, enfin, grommela :

— Passe-moi le thermomètre.

Et Mme Maigret, qui cousait près de la fenêtre dont elle avait tiré le rideau de guipure pour y voir malgré le crépuscule, se leva en soupirant, tourna le commutateur électrique.

— Je croyais que tu dormais. Il n'y a pas une demi-heure que tu as pris ta température.

Résignée, sachant par expérience qu'il était inutile de contrarier son gros homme de mari, elle secoua le thermomètre pour en faire descendre le mercure, puis elle lui en glissa le bout entre ses lèvres.

Il prit encore le temps de questionner :

— Il n'est venu personne ?

— Tu le saurais, puisque tu n'as pas dormi.

Il avait dû s'assoupir, pourtant, ne fût-ce que quelques minutes. Mais c'était ce sacré carillon qui l'arrachait sans cesse à sa torpeur pour le ramener à la surface.

Ils n'étaient pas chez eux. Comme sa mission dans cette ville de province devait durer six mois environ, comme Mme Maigret ne pouvait supporter la pensée de voir son mari manger au restaurant pendant si longtemps, elle l'avait suivi, et ils avaient loué, dans le haut de la ville, un appartement meublé.

C'était trop clair, avec des papiers peints à fleurs, des meubles de bazar, un lit qui gémissait sous le poids du commissaire. Du moins avaient-ils choisi une rue calme où, disait la propriétaire, Mme Danse, il ne passait pas un chat.

Ce que la propriétaire n'avait pas ajouté, c'est que, le rez-de-chaussée étant occupé par une crémerie, une fade odeur de fromage régnait dans toute la maison.

Ce qu'elle n'avait pas dit non plus et ce que Maigret venait de découvrir, car c'était la première fois qu'il se couchait pendant la journée, c'est que la porte de cette crémerie était munie non d'une sonnette ou d'un timbre, mais d'un étrange appareil fait de tubes métalliques qui, chaque fois qu'une cliente entrait, s'entrechoquaient longuement en émettant un bruit de carillon.

— Combien ?

— Trente-huit cinq...

— Tout à l'heure, tu avais trente-huit huit.

— Et ce soir, j'aurai passé trente-neuf.

Il était furieux. Il était toujours de méchante humeur quand il était malade, et il regardait Mme Maigret d'un œil noir de rancune, car elle s'obstinait à ne pas sortir, alors qu'il aurait tant voulu bourrer une pipe.

Il pleuvait toujours, toujours la même pluie fine qui collait aux vitres, qui tombait, silencieuse et morne, et qui donnait l'impression qu'on vivait dans un aquarium. La lumière tombait, trop crue, de l'ampoule électrique qui pendait, sans abat-jour, au bout de son fil. Et on imaginait des rues et des rues pareillement vides, des fenêtres qui s'éclairaient les unes après les autres, des gens qui allaient et venaient dans leur cage, comme des poissons dans leur bocal.

— Tu vas encore boire une tasse de tisane.

C'était peut-être la dixième depuis midi, et il lui fallait suer ensuite toute cette eau tiédasse dans ses draps, qui finissaient par se transformer en compresses.

Il avait dû attraper la grippe, ou une angine, alors qu'il attendait le gamin, dans la pluie froide du matin sur le seuil de l'école des garçons, ou bien après, tandis qu'il errait dans les rues. A peine rentré, vers dix heures, dans son bureau de la brigade mobile, et alors qu'il tisonnait le poêle d'un geste qui était devenu quasi rituel, il avait été pris de frissons. Puis il avait eu trop chaud. Ses paupières picotaient et, quand il s'était regardé dans le morceau de miroir de la toilette, il s'était vu de gros yeux luisants.

D'ailleurs, sa pipe n'avait pas le même goût que d'habitude, et c'était le signe.

— Dites-moi, Besson : si, par hasard, je ne venais pas cet après-midi, vous continueriez l'enquête sur cette affaire de l'enfant de chœur.

Et Besson, qui se croyait toujours plus malin que les autres :

— Vous pensez vraiment, patron, qu'il y a une affaire de l'enfant de chœur et qu'une bonne fessée n'y mettrait pas le point final ?

— Vous ferez néanmoins surveiller la rue Sainte-Catherine par un de vos collègues ; par Vallin, par exemple...

— Pour le cas où le cadavre reviendrait se coucher devant la maison du juge ?

Maigret était trop engourdi par sa fièvre naissante pour le suivre sur ce terrain-là. Il avait continué à donner lourdement ses instructions.

— Vous m'établirez une liste de tous les habitants de la rue. Comme elle n'est pas longue, ce ne sera pas un gros travail.

— J'interroge à nouveau le gamin ?

— Non...

Et, depuis lors, il avait chaud ; il sentait les gouttes de sueur affleurer les unes après les autres à sa peau ;

il avait un goût fade dans la bouche, il espérait à chaque instant sombrer dans le sommeil, mais c'était pour entendre aussitôt le carillon ridicule des tubes de cuivre de la crémerie.

Il avait horreur d'être malade parce que cela l'humiliait et aussi parce que Mme Maigret veillait férocement autour de lui pour l'empêcher de fumer sa pipe. Si seulement elle avait eu quelque chose à aller acheter à la pharmacie ! Mais elle avait soin d'emporter toujours une pleine boîte de médicaments avec elle.

Il avait horreur d'être malade et pourtant il y avait des moments où c'était presque voluptueux, des moments où, fermant les yeux, il n'avait plus d'âge, parce qu'il retrouvait des sensations de son enfance.

Alors il retrouvait aussi le jeune Justin au visage pâle et déjà énergique. Toutes les images du matin qui revenaient à la mémoire, non plus avec la précision de la réalité de chaque jour, non plus avec la sécheresse des choses que l'on voit, mais avec cette intensité particulière des choses que l'on sent.

Par exemple, il aurait pu décrire, presque dans le détail, cette mansarde qu'il n'avait pas visitée, le lit de fer sans doute, le réveil sur la table de nuit, l'enfant qui tendait un bras, qui s'habillait sans bruit, avec des gestes toujours les mêmes...

Toujours les mêmes, voilà ! Cela lui apparaissait comme une évidence, comme une vérité importante. Quand, pendant deux ans, on sert la messe, à heure fixe, les gestes arrivent à un automatisme quasi absolu...

Le premier coup de cloche à six heures moins le quart... Le réveil... Les cloches plus grêles de la chapelle... Les souliers au bas de l'escalier et la porte que l'enfant entrouvre sur l'haleine froide de la ville matinale.

— Tu sais, madame Maigret, il n'a jamais lu de romans policiers.

Depuis toujours, peut-être parce qu'une fois ils l'avaient fait en riant, ils s'appelaient Maigret et Mme

Maigret, et ils en étaient presque arrivés à oublier qu'ils avaient un prénom, comme tout le monde.

— Il ne lit pas les journaux non plus...

— Tu ferais mieux de dormir...

Il fermait les yeux, après un regard douloureux à sa pipe posée sur le marbre noir de la cheminée.

— J'ai longuement interrogé sa mère, qui est une brave femme, mais que la police impressionne au plus haut point...

— Dors...

Il se taisait un bon moment. Sa respiration devenait plus forte. On pouvait croire qu'il s'assoupissait enfin.

— Elle m'a affirmé qu'il n'a jamais vu de morts...

C'est un spectacle qu'on évite de donner aux enfants.

— Quelle importance cela a-t-il ?

— Il m'a dit que le cadavre était si grand qu'il semblait barrer le trottoir... Or c'est l'impression que donne un mort couché par terre... Un mort a toujours l'air plus grand qu'un homme vivant... Tu comprends ?

— Je ne vois pas pourquoi tu te tracasses, puisque Besson s'en occupe.

— Besson n'y croit pas.

— A quoi ?

— Au mort...

— Tu veux que j'éteigne la lampe ?

Malgré ses protestations, elle monta sur une chaise pour entourer l'ampoule d'un papier huilé, afin d'atténuer la lumière.

— Essaie de dormir une heure, et je te donnerai une nouvelle tasse de tisane. Tu ne transpires pas assez...

— Tu crois que si je fumais une toute petite bouffée de pipe...

— Tu es fou ?

Elle entrait dans la cuisine pour surveiller le bouillon de légumes, et il l'entendait aller et venir à pas feutrés ; il revoyait toujours ce même morceau de la rue Sainte-Catherine, avec les réverbères tous les cinquante mètres.

— Le juge prétend qu'il n'a rien entendu...

— Qu'est-ce que tu dis ?

— Je te parie qu'ils se détestent...

Et la voix venant du fond de la cuisine :

— De qui parles-tu ? Tu vois bien que je suis occupée.

— Du juge et de l'enfant de chœur... Ils ne se sont jamais parlé, mais je jurerais qu'ils se détestent... Tu sais, les très vieilles personnes, surtout les vieilles personnes qui vivent seules, arrivent à devenir comme des enfants... Justin passait tous les matins, et tous les matins le vieux juge était derrière sa fenêtre... Il a l'air d'une chouette...

— Je ne comprends pas ce que tu veux dire...

Elle s'encadrait dans la porte, une louche fumante à la main.

— Essaie de me suivre... Le juge prétend qu'il n'a rien entendu, et c'est trop grave pour que je le soupçonne de mentir.

— Tu vois bien !... Essaie de ne plus penser à cela...

— Seulement, il n'ose pas affirmer qu'il a ou qu'il n'a pas entendu passer Justin hier matin.

— Peut-être s'était-il rendormi.

— Non... Il n'ose pas mentir, et il le fait exprès d'être imprécis. Et le mari du quarante-deux, qui veillait sa femme malade, a entendu courir dans la rue.

Il en revenait toujours là. Sa pensée tournait en rond, aiguisée par la fièvre.

— Qu'est-ce que le cadavre serait devenu ? objectait Mme Maigret avec son bon sens de femme mûre. Ne pense plus à cela, va ! Besson connaît son métier ; tu l'as souvent dit toi-même...

Il s'enfonçait dans les couvertures, découragé, faisant de réels efforts pour s'endormir, mais il ne tardait pas à retrouver le visage de l'enfant de chœur, ses jambes pâles au-dessus des chaussettes noires.

— Il y a quelque chose qui ne va pas...

— Qu'est-ce que tu dis ? Cela ne va pas ? Tu te sens plus mal ? Tu veux que j'appelle le docteur ?

Mais non. Il reprenait à zéro, obstinément, repartait du seuil de l'école des garçons, traversait la place du Congrès.

— Voilà. C'est ici qu'il y a quelque chose qui cloche...

D'abord, parce que le juge n'avait rien entendu. A moins de l'accuser de faux témoignage, il était difficile d'admettre qu'on s'était battu sous sa fenêtre, à quelques mètres de lui, qu'un homme s'était mis à courir dans la direction de la caserne, tandis que l'enfant de chœur s'était élancé dans l'autre direction.

— Dis donc, madame Maigret...

— Qu'est-ce que tu veux encore ?

— S'ils s'étaient mis à courir tous les deux dans la même direction ?

Mme Maigret soupirait, reprenait son travail de couture, écoutait par devoir ce monologue haché par la respiration rauque de son mari.

— D'abord, c'est plus logique...

— Qu'est-ce qui est plus logique ?

— Qu'ils courent tous les deux dans la même direction... Seulement, dans ce cas, ce n'était pas dans la direction de la caserne.

— Le gamin aurait poursuivi l'assassin ?

— Non. C'est l'assassin qui aurait poursuivi le gamin...

— Pour quoi faire, puisqu'il ne l'a pas tué ?

— Pour le faire taire, par exemple.

— Il ne l'a pas fait taire, puisque l'enfant a parlé...

— Ou pour l'empêcher de dire quelque chose, de donner un détail précis... Ecoute, madame Maigret.

— Qu'est-ce que tu veux ?

— Je sais bien que tu vas d'abord refuser, mais c'est indispensable... Passe-moi ma pipe et mon tabac... Juste quelques bouffées... J'ai l'impression que je vais tout comprendre, que, dans quelques minutes, si je ne lâche pas le fil...

Elle alla chercher la pipe sur la cheminée et la lui tendit, résignée, en soupirant :

— Je savais bien que tu trouverais une bonne raison... En tout cas, ce soir, que tu le veuilles ou non, je te ferai un cataplasme...

Encore une chance que le téléphone n'ait pas été installé dans le logement. Il fallait descendre à la crémerie, où l'appareil se trouvait derrière le comptoir.

— Tu vas descendre, madame Maigret, et tu demanderas Besson au bout du fil. Il est sept heures. Peut-être est-il encore au bureau ? Sinon, appelle le *Café du Centre*, où il sera à faire un billard avec Thiberge.

— Je dois lui demander de venir ?

— De m'apporter le plus vite possible, non pas la liste de tous les habitants de la rue, mais celle des locataires des maisons de gauche, et seulement entre la place du Congrès et la maison du juge.

— Essaie au moins de ne pas te découvrir...

Elle était à peine engagée dans l'escalier qu'il sortait les deux jambes du lit, se précipitait, pieds nus, vers sa blague à tabac pour bourrer une nouvelle pipe, puis reprenait une pose innocente entre les draps.

A travers le plancher mince, il entendait un murmure de voix, la voix de Mme Maigret au téléphone, et il fumait à petites bouffées gourmandes, bien que sa gorge lui fît très mal. Des gouttes d'eau, devant lui, glissaient lentement sur les vitres noires, et cela lui rappelait à nouveau son enfance, les grippes de son enfance, quand sa mère lui apportait au lit de la crème au caramel.

Mme Maigret remontait en soufflant un peu, jetait un coup d'œil dans la chambre, comme pour y chercher quelque chose d'anormal, mais ne pensait pas à la pipe.

— Il sera ici dans une heure environ.

— Je dois encore te demander un service, madame Maigret... Tu vas t'habiller...

Elle lui lança un regard méfiant.

— Tu iras chez le jeune Justin et tu demanderas à ses parents la permission de me l'amener... Sois gentille avec lui... Si j'envoyais un des inspecteurs, il ne manquerait pas de l'effrayer, et le gosse a déjà assez tendance à se raidir... Tu lui diras simplement que j'aimerais bavarder quelques minutes avec lui...

— Et si sa mère veut l'accompagner ?

— Tire ton plan, mais je ne veux pas de la mère.

Il était tout seul, tout chaud, tout mouillé, au plus profond du lit, avec sa pipe qui dépassait des draps et d'où montait un léger nuage de fumée. Il fermait les yeux et toujours il revoyait le coin de la rue Sainte-Catherine ; il n'était plus Maigret le commissaire, il était l'enfant de chœur qui marchait vite, qui parcourait tous les matins le même chemin à la même heure et qui, pour se donner du courage, parlait tout seul à mi-voix.

Il tournait le coin de la rue Sainte-Catherine...

— Maman, je voudrais que tu m'achètes un vélo...

Car le gamin répétait la scène qu'il jouerait à sa mère quand il rentrerait de l'hôpital. Cela devait être plus compliqué. L'enfant avait dû imaginer des approches plus subtiles.

— Tu sais, maman, si j'avais un vélo, je pourrais...

Ou bien :

— J'ai déjà trois cents francs d'économies... Si tu me prêtais le reste, que je te promets de te rendre sur les messes, je pourrais...

Le coin de la rue Sainte-Catherine... Quelques instants avant que les cloches de la paroisse sonnent le second coup... Et il n'y avait plus que cent cinquante mètres de rue déserte et noire à franchir pour toucher du doigt la porte rassurante de l'hôpital... Quelques bonds entre les flaques claires des réverbères...

Le gosse dira :

— J'ai levé la tête, et j'ai vu...

Tout le problème était là. Le juge habitait à peu près au milieu de la rue, à mi-chemin entre la place du Congrès et l'angle de la caserne, et il n'avait rien vu, rien entendu.

Le mari de la femme malade, lui, l'homme du quarante-deux, habitait plus près de la place du Congrès, sur le côté droit de la rue, et il avait entendu les pas précipités d'un homme qui court.

Or, cinq minutes plus tard, il n'y avait ni cadavre ni blessé sur le trottoir. Et il n'était passé ni auto, ni camionnette. L'agent en faction au pont, les autres agents du quartier qui faisaient leur ronde à divers endroits n'avaient rien vu d'anormal, comme, par exemple, un homme qui en porte un autre sur son dos.

La fièvre devait monter, mais Maigret n'avait plus l'idée de consulter le thermomètre. C'était très bien ainsi. C'était mieux. Les mots créaient des images, et les images prenaient une netteté inattendue.

C'était comme quand il était petit, qu'il était malade et qu'il lui semblait que sa mère, penchée sur lui, devenait tellement grande qu'elle débordait les limites de la maison.

Il y avait ce corps en travers du trottoir, ce corps si long, parce que c'était un mort, avec un couteau à manche brun dans la poitrine.

Et un homme debout derrière, à quelques mètres, un homme aux yeux très clairs, qui s'était mis à courir...

A courir dans la direction de la caserne, tandis que Justin prenait ses jambes à son cou et s'élançait dans la direction contraire.

— Voilà !

Voilà quoi ? Maigret avait prononcé le mot à voix haute, comme s'il eût contenu la solution du problème, comme s'il eût été la solution même du problème, et il souriait d'un air satisfait en tirant sur sa pipe de petites bouffées voluptueuses.

Les ivrognes sont comme ça. Des vérités leur paraissent soudain évidentes, qu'ils sont incapables d'expliquer et qui se diluent dans le vague dès qu'ils recouvrent leur sang-froid.

Il y avait quelque chose de faux, voilà ! Et, dans sa fièvre, c'était à ce point précis que Maigret plaçait le détail grinçant.

— Justin n'a pas inventé...

Sa peur, sa panique, quand il était arrivé à l'hôpital, n'étaient pas feintes. Il n'avait pas inventé non plus le corps trop long sur le trottoir. Et il y avait au moins une personne dans la rue qui avait entendu courir.

Qu'est-ce que le juge au sourire grinçant avait donc dit à ce propos ?

— Vous en êtes encore à vous fier au témoignage des enfants ?...

En tout cas, quelque chose d'approchant. Or c'était le juge qui avait tort. Les enfants sont incapables d'inventer, parce qu'on ne bâtit pas des vérités avec rien du tout. Il faut des matériaux. Les enfants transposent peut-être, mais ils n'inventent pas.

Voilà ! Encore ce « voilà » satisfait que Maigret se répétait à chaque étape, comme pour se congratuler...

Il y avait eu un corps sur le trottoir...

Et, sans doute, y avait-il eu un homme à proximité. Avait-il les yeux clairs ? C'était possible.

Et on avait couru.

Et le vieux juge, Maigret l'aurait juré, n'était pas un homme à mentir de propos délibéré.

Il avait chaud. Il était en nage, mais il sortit néanmoins des draps pour aller bourrer une dernière pipe avant l'arrivée de Mme Maigret. Puisqu'il était debout, il en profita pour ouvrir le placard et pour boire, à même la bouteille, une large rasade de rhum. Tant pis s'il avait un peu plus de fièvre cette nuit, puisque tout serait fini !

Et ce serait une très jolie chose, une enquête pas banale, menée du fond de son lit. Cela, Mme Maigret était incapable de l'apprécier.

Le juge n'avait pas menti, et pourtant il avait dû s'efforcer de faire une niche au gamin qu'il détestait, comme deux enfants du même âge peuvent se détester.

Tiens ! les clients devenaient plus rares, en bas, car on entendait moins souvent le carillon saugrenu de la porte. Sans doute le crémier, la crémière et leur fille, rose comme un jambon, étaient-ils à dîner dans leur arrière-boutique ?

On marchait sur le trottoir. On montait l'escalier. Des pieds butaient, des petits pieds d'enfant. Mme Maigret ouvrait la porte et poussait devant elle le jeune Justin, dont le caban de grosse laine marine était scintillant de perles de pluie. Il sentait le chien mouillé.

— Attends, mon petit, je vais t'enlever ton caban.

— Je le ferais bien moi-même.

Encore un coup d'œil méfiant de Mme Maigret. Evidemment, elle ne pouvait pas s'imaginer que c'était la même pipe qui durait toujours. Qui sait si elle ne soupçonnait pas le coup de rhum ?

— Asseyez-vous, Justin, disait le commissaire en désignant une chaise.

— Merci. Je ne suis pas fatigué.

— Je vous ai fait venir pour que nous bavardions tous les deux, en amis, pendant quelques minutes. Qu'est-ce que vous étiez en train de faire ?

— Mon devoir de calcul...

— Car, malgré les émotions que vous avez eues, vous êtes allé à l'école ?

— Pourquoi est-ce que je n'y serais pas allé ?

Il était fier, le gosse. Il était tendu une fois de plus sur ses ergots. Peut-être, en voyant le commissaire couché, le trouvait-il aussi plus gros et plus long ?

— Madame Maigret, tu serais gentille d'aller surveiller le bouillon de légumes dans la cuisine et de fermer la porte.

Quand ce fut fait, il cligna de l'œil à l'adresse de l'enfant.

— Passez-moi ma blague à tabac qui est sur la cheminée... Et la pipe qui doit se trouver dans la poche de mon pardessus... Oui, celui qui est pendu derrière la porte... Merci, mon petit... Tu as eu peur quand ma femme est venue te chercher ?

— Non.

Et il disait cela avec orgueil.

— Tu as été ennuyé ?

— Parce que tout le monde répète que j'invente.

— Et tu n'inventes pas, n'est-ce pas ?

— Il y avait un homme mort sur le trottoir et un autre qui...

— Chut !

— Quoi ?

— Pas si vite... Assieds-toi...

— Je ne suis pas fatigué.

— Tu l'as déjà dit, mais, moi, cela me fatigue de te voir debout...

Il s'assit sur la chaise, tout au bord, et ses pieds ne touchaient pas terre, ses jambes se balançaient, ses genoux saillaient, nus entre la culotte courte et les chaussettes.

— Quelle niche as-tu faite au juge ?

Une révolte rapide, instinctive.

— Je ne lui ai jamais rien fait...

— Tu sais de quel juge je veux parler ?

— Celui qui est toujours derrière sa fenêtre et qui a l'air d'un hibou.

— Moi, j'avais dit une chouette... Qu'est-ce qu'il y a eu entre vous ?

— Je ne lui ai jamais parlé...

— Qu'est-ce qu'il y a eu entre vous ?

— L'hiver, je ne le voyais pas, parce que ses rideaux étaient fermés lorsque je passais.

— Mais l'été ?...

— Je lui ai tiré la langue.

— Pourquoi ?

— Parce qu'il me regardait avec l'air de se moquer de moi ; il se mettait à ricaner tout seul en me regardant...

— Tu lui as souvent tiré la langue ?

— Chaque fois que je le voyais...
— Et lui ?
— Il éclatait d'un rire méchant... J'ai cru que c'était parce que je servais la messe et que c'est un mécréant...
— De sorte que c'est lui qui a menti.
— Qu'est-ce qu'il a dit ?
— Qu'il ne s'est rien passé hier matin devant chez lui, car il s'en serait aperçu.
Le gosse fixa Maigret avec intensité, puis baissa la tête.
— Il a menti, n'est-ce pas ?
— Il y avait un cadavre avec un couteau dans la poitrine sur le trottoir.
— Je sais...
— Comment le savez-vous ?
— Je le sais, parce que c'est la vérité... répétait Maigret d'une voix douce. Passe-moi les allumettes... J'ai laissé éteindre ma pipe.
— Vous avez chaud ?
— Ce n'est rien... La grippe...
— Vous l'avez attrapée ce matin ?
— C'est possible... Assieds-toi...
Il tendit l'oreille, appela :
— Madame Maigret !... Veux-tu descendre ?... Je crois que c'est Besson qui vient d'arriver, et je ne veux pas qu'il monte avant que j'aie fini... Tu lui tiendras compagnie en bas... Mon ami Justin vous appellera...
Il dit une fois de plus à son jeune compagnon :
— Assieds-toi... C'est vrai aussi que vous avez couru tous les deux...
— Je vous ai dit que c'était vrai...
— Et j'en suis sûr... Va t'assurer qu'il n'y a personne derrière la porte et que celle-ci est bien fermée...
Le gosse y alla, sans comprendre, imbu pourtant de l'importance soudaine de ses faits et gestes.
— Vois-tu, Justin, tu es un brave petit bonhomme.
— Pourquoi me dites-vous ça ?

— Le cadavre, c'est vrai... L'homme qui a couru, c'est vrai...

L'enfant redressa une dernière fois la tête, et Maigret vit sa lèvre qui tremblait.

— Et le juge, qui n'a pas menti, car un juge n'oserait pas mentir, n'a pas dit toute la vérité...

La chambre sentait la grippe, le rhum, le tabac. Des bouffées de bouillon de légumes filtraient sous la porte de la cuisine, et il pleuvait toujours des larmes d'argent sur la vitre noire au-delà de laquelle la rue était déserte. Etaient-ce encore un homme et un enfant qui se trouvaient face à face ? Ou deux hommes ? Ou deux enfants ?

Maigret avait la tête lourde, les yeux luisants. Sa pipe avait un étrange goût de maladie qui n'était pas sans saveur, et il se souvenait des odeurs de l'hôpital, de la chapelle, de la sacristie.

— Le juge n'a pas dit toute la vérité parce qu'il a voulu te faire endêver... Et toi, tu n'as pas dit toute la vérité non plus... Surtout, je te défends de pleurer... Ce n'est pas la peine que tout le monde sache ce qui se passe en ce moment entre nous... Tu comprends, Justin ?

Le gamin fit oui de la tête.

— Si ce que tu as raconté ne s'était pas passé du tout, le mari du quarante-deux n'aurait pas entendu courir...

— Je n'ai pas inventé.

— Justement ! Mais, si cela s'était passé comme tu l'as dit, le juge n'aurait pas pu affirmer qu'il n'avait rien entendu... Et, si l'assassin avait couru dans la direction de la caserne, le vieux n'aurait pas juré que personne n'était passé devant chez lui en courant.

L'enfant ne bougeait pas et regardait fixement le bout de ses pieds, qui se balançaient dans le vide.

— Le juge a été honnête, au fond, en n'osant pas affirmer que tu étais passé devant chez lui hier matin... Mais il aurait pu, peut-être, affirmer que tu n'étais pas passé... C'est la vérité, puisque tu t'es enfui en sens inverse... Sans doute a-t-il été véridique aussi en prétendant qu'aucun homme n'était passé sur le trottoir, sous sa fenêtre, en courant... Car l'homme n'est pas parti dans cette direction-là...

— Qu'en savez-vous ?

Il était tout raide, les yeux écarquillés, à fixer Maigret comme, la veille, il avait dû fixer l'assassin ou la victime.

— Parce que l'homme, fatalement, s'est élancé dans la même direction que toi, ce qui explique que le mari du quarante-deux l'ait entendu passer... Parce que, sachant que tu l'avais vu, que tu avais vu le cadavre, que tu pouvais le faire prendre, il a couru *après toi...*

— Si vous le dites à ma mère, je...

— Chut !... Je n'ai aucune envie de dire quoi que ce soit à ta mère ni à personne... Vois-tu, mon petit Justin, je vais te parler comme à un homme... Un assassin assez intelligent, avec assez de sang-froid pour faire disparaître un cadavre en quelques minutes sans laisser la moindre trace, n'aurait pas commis la bêtise de te laisser fuir après ce que tu avais vu.

— Je ne sais pas.

— Moi, je sais... C'est mon métier de savoir... La chose la plus difficile, ce n'est pas de tuer un homme : c'est de le faire disparaître ensuite, et celui-ci a magnifiquement disparu... Il a disparu, bien que tu l'aies vu et que tu aies vu l'assassin... Autrement dit, ce dernier est quelqu'un de très fort... Et quelqu'un de très fort, jouant sa tête, ne t'aurait pas laissé partir comme cela...

— Je ne savais pas...

— Qu'est-ce que tu ne savais pas ?

— Je ne savais pas que c'était si grave.

— Ce n'est pas grave du tout, puisque, maintenant tout le mal est réparé.

— Vous l'avez arrêté ?

Il y avait un immense espoir dans la façon dont ces mots étaient prononcés.

— Il sera sans doute arrêté tout à l'heure... Reste assis... Ne balance pas tes jambes...

— Je ne bougerai plus.

— D'abord, si la scène s'était passée devant chez le juge, c'est-à-dire au milieu de la rue, tu t'en serais rendu compte de plus loin, et tu aurais eu le temps de t'enfuir... Voilà la seule faute que l'assassin ait commise, si malin qu'il soit...

— Comment avez-vous deviné ?

— Je n'ai pas deviné, mais j'ai été enfant de chœur, et j'ai servi, moi aussi, la messe de six heures... Tu n'aurais pas parcouru près de cent mètres dans la rue sans regarder devant toi... Donc, le cadavre, c'était plus près, beaucoup plus près, tout de suite après le coin de la rue.

— Cinq maisons plus loin...

— Tu pensais à autre chose, à ton vélo, et tu as peut-être marché vingt mètres sans rien voir.

— Ce n'est pas possible que vous sachiez...

— Et quand tu as vu, tu as couru vers la place du Congrès pour gagner l'hôpital par l'autre rue... L'homme a couru derrière toi...

— Je croyais que j'allais mourir de peur.

— Il t'a mis la main sur l'épaule ?

— Il m'a saisi les épaules à deux mains... Je me figurais qu'il allait m'étrangler...

— Il t'a demandé de dire...

L'enfant pleurait, mais sans sanglots. Il était blême, avec des larmes qui roulaient lentement sur ses joues.

— Si vous le dites à ma mère, elle me le reprochera toute ma vie. Elle me fait toujours des reproches.

— Il t'a ordonné de dire que la scène s'était passée plus loin.

— Oui.

— Devant chez le juge ?

— C'est moi qui ai pensé à la maison du juge, à cause des langues que je lui tirais... Il m'a seulement dit vers l'autre bout de la rue... Et qu'il s'était enfui dans la direction de la caserne...

— Ce qui a bien failli faire un crime parfait, car personne ne t'a cru, étant donné qu'il n'y avait ni assassin, ni cadavre, ni traces d'aucune sorte, et que tout paraissait impossible...

— Mais vous ?

— Moi, je ne compte pas. C'est un hasard que j'aie été enfant de chœur, puis que j'aie eu la fièvre aujourd'hui... Qu'est-ce qu'il t'a promis ?

— Il m'a dit que, si je ne disais pas ce qu'il voulait, il me retrouverait toujours, où que j'aille, en dépit de la police, et qu'il m'égorgerait comme un poulet.

— Ensuite ?

— Il m'a demandé ce que j'aimerais avoir...

— Et tu as répondu : « Un vélo... »

— Comment le savez-vous ?

— Je te le répète, j'ai été enfant de chœur, moi aussi...

— Et vous aviez envie d'un vélo ?

— De cela et de beaucoup de choses que je n'ai jamais eues... Pourquoi as-tu déclaré qu'il avait les yeux clairs ?

— Je ne sais pas... Je n'ai pas vu ses yeux. Il portait de grosses lunettes. Mais je ne voulais pas qu'on le retrouve...

— A cause du vélo...

— Peut-être... Vous allez le dire à ma mère, n'est-ce pas ?

— Ni à ta mère, ni à quiconque... Est-ce que nous ne sommes pas copains, tous les deux ?... Tiens ! passe-moi encore une fois mon tabac et ne dis pas à Mme Maigret que j'ai fumé trois pipes depuis que nous sommes là... Tu vois que les grandes personnes n'avouent pas non plus toujours la vérité entière... C'était devant quelle porte, Justin ?

— La maison jaune, à côté de la charcuterie.

— Va chercher ma femme.

— Où ça ?

— En bas... Elle est avec l'inspecteur Besson, qui a été si méchant avec toi.

— Et qui va m'arrêter ?
— Ouvre le placard...
— Ça y est...
— Il y a un pantalon qui pend...
— Qu'est-ce que je dois en faire ?
— Dans la poche de gauche, tu trouveras un portefeuille.
— Je l'ai.
— Dans le portefeuille, il y a des cartes de visite.
— Vous les voulez ?
— Donne-m'en une... Et aussi le stylo qui est sur la table...

A l'aide de quoi, Maigret traça sur une carte à son nom :

Bon pour un vélo

CHAPITRE

3

Le locataire de la maison jaune

ENTREZ, BESSON.

Mme Maigret lança un regard au nuage opaque de fumée qui entourait la lampe voilée de papier huilé et se précipita vers la cuisine, d'où s'échappait une odeur de brûlé.

Quant à Besson, prenant la chaise que le gamin venait de quitter et n'accordant à celui-ci qu'une attention dédaigneuse, il prononçait :

— J'ai la liste que vous m'avez demandé de dresser... Je dois vous dire tout de suite...

— Qu'elle est inutile... Qui habite le quatorze ?

— Un instant...

Il consultait ses notes.

— Attendez... Quatorze... La maison n'a qu'un seul locataire...

— Je m'en doutais.

— Ah ?

Un petit coup d'œil inquiet à l'enfant.

Un étranger, un courtier en bijoux... Un nommé Frankelstein...

Et la voix de Maigret, qui s'était laissé couler au fond des oreillers, murmura, comme indifférente :

— Receleur...

— Vous dites, patron ?

— Receleur... Peut-être, par surcroît, chef de bande.

— Je ne comprends pas.

— Cela n'a pas d'importance... Soyez gentil, Besson, passez-moi la bouteille de rhum qui est dans le placard... Faites vite avant que Mme Maigret arrive... Je parie que je fais dans les trente-neuf cinq et qu'on va être obligé de me changer deux fois de draps cette nuit... Frankelstein. Demandez un mandat de perquisition au juge d'instruction... Non !... A cette heure-ci, cela va prendre du temps, car il est sûrement à faire un bridge quelque part... Vous avez dîné, vous ?... Moi, j'attends mon bouillon de légumes. Il y a des mandats en blanc dans mon bureau... Dans le tiroir de gauche... Remplissez-en un... Perquisitionnez... Vous trouverez sûrement le cadavre, même s'il faut démolir un mur de la cave.

Le pauvre Besson regardait son patron, avec inquiétude, puis l'enfant, qui attendait sagement dans un coin.

— Faites vite, mon vieux... S'il sait que le gosse est venu ici ce soir, vous ne le trouverez plus au nid... C'est un type *fortiche*, vous verrez !

Et c'était un type *fortiche*, en effet. Au moment où la brigade mobile sonnait chez lui, il essayait de fuir par les cours, en escaladant les murs. Il fallut toute une nuit pour mettre la main dessus — on l'eut finalement sur les toits — tandis que d'autres policiers fouillaient la maison pendant des heures avant de découvrir le cadavre décomposé dans un bain de chaux.

Règlement de comptes, évidemment. Un type qui n'était pas content du patron, qui se jugeait frustré, qui l'avait relancé chez lui, aux petites heures du matin, et que Frankelstein avait descendu sur son seuil, sans se douter qu'un enfant de chœur, au même instant, tournait le coin de la rue.

— Combien ?

Maigret n'avait plus le courage de regarder lui-même le thermomètre.

— Trente-neuf trois...

— Tu ne triches pas ?

Il savait qu'elle trichait, qu'il avait davantage de température, mais cela lui était égal ; c'était voluptueux, c'était bon de sombrer ainsi dans l'inconscient, de se laisser glisser à une vitesse vertigineuse dans un monde flou et pourtant terriblement réel, où un enfant de chœur, qui ressemblait au jeune Maigret d'autrefois, courait éperdument dans la rue en pensant qu'il allait mourir étranglé ou qu'il allait gagner une bicyclette au cadre nickelé.

— Qu'est-ce que tu dis ? questionnait Mme Maigret, qui tenait entre ses mains boudinées un cataplasme brûlant en attendant de le passer au cou de son mari.

Et il balbutiait des choses vagues, comme un enfant qui a la fièvre, parlait du « premier coup » et du « second coup »...

— Je vais être en retard...

— En retard pour quoi ?

— Pour la messe... La sœur... La sœur...

Il ne parvenait pas à prononcer le mot « sacristine ».

— La sœur...

Il s'endormit enfin, le cou entouré d'une large compresse, en rêvant des messes de son village, de l'auberge de Marie Titin, devant laquelle il passait en courant parce qu'il avait peur.

Peur de quoi ?...

— Je l'ai quand même eu...

— Qui ?

— Le juge.

— Quel juge ?

C'était compliqué à expliquer. Le juge ressemblait à quelqu'un de son village à qui il tirait la langue... Le forgeron ?... Non... C'était le beau-père de la boulangère... Cela n'avait pas d'importance. Quelqu'un qu'il n'aimait pas...

Et c'était le juge qui avait tout truqué, pour se venger de l'enfant de chœur, pour faire enrager les gens... Il avait dit qu'il n'avait pas entendu de pas *devant chez lui*...

Mais il n'avait pas dit qu'il avait entendu un bruit de poursuite dans l'autre direction...

Les vieillards redeviennent des enfants... Et se chamaillent avec les enfants... Comme des enfants...

Maigret était bien content, malgré tout. Il avait triché de trois pipes, de quatre pipes... Il avait un bon goût de tabac plein la bouche, et il pouvait se laisser sombrer...

Et demain, puisqu'il avait la grippe, Mme Maigret lui ferait de la crème au caramel.

Avril 1946.

LE CLIENT LE PLUS OBSTINÉ DU MONDE

CHAPITRE

1

Le « Café des Ministères » ou le royaume de Joseph

JAMAIS PERSONNE, DANS LES annales de la police, ne mit autant d'acharnement ou de coquetterie à se montrer sous toutes ses faces, à poser en quelque sorte des heures durant, seize heures d'affilée exactement, à attirer, volontairement ou non, l'attention de dizaines de personnes, à telle enseigne que l'inspecteur Janvier, alerté, alla regarder l'homme sous le nez. Et pourtant, quand il fallut reconstituer son signalement, on devait se trouver devant l'image la plus imprécise, la plus floue qu'il soit possible d'imaginer.

Au point que pour certains — qui n'étaient pas particulièrement des imaginatifs — cette ostentation de l'inconnu apparut comme la plus habile et la plus inédite des ruses.

Mais c'est heure par heure qu'il faut prendre cette journée du 3 mai, une journée tiède, ensoleillée, avec, dans l'air, cette vibration particulière au printemps parisien et, du matin au soir, entrant par bouffées dans la salle fraîche du café, le parfum légèrement sucré des marronniers du boulevard Saint-Germain.

C'est à huit heures, comme les autres jours, que Joseph ouvrit les portes du café. Il était en gilet et en manche de chemise. Il y avait, sur le sol, la sciure de bois qu'il avait étendue la veille au moment de la fermeture, et les chaises s'empilaient, très haut, sur les tables de marbre.

Car le *Café des Ministères,* au coin du boulevard Saint-Germain et de la rue des Saints-Pères, est un des rares cafés à l'ancienne mode qui subsistent à Paris. Il n'a pas sacrifié à la manie des comptoirs où viennent s'accouder des gens qui ne font qu'entrer et sortir. Il n'a pas sacrifié non plus au goût du jour, aux dorures, à l'éclairage indirect, aux colonnes recouvertes de miroirs et aux guéridons en matière plastique.

C'est le café type d'habitués, où les clients ont leur table, leur coin, leur jeu de cartes ou d'échecs, et où Joseph, le garçon, connaît chacun par son nom : des chefs de bureau, des rédacteurs des ministères voisins pour la plupart.

Et Joseph lui-même est une manière de personnage. Il y a trente ans qu'il est garçon de café, et on ne l'imagine pas en complet veston comme tout le monde ; peut-être ne le reconnaîtrait-on pas dans la rue si on le rencontrait en banlieue, où il s'est fait construire un pavillon.

A huit heures, c'est l'heure du « mastic », c'est-à-dire du nettoyage, ou encore, comme on dit dans le métier, de la mise en place. La double porte, qui donne sur le boulevard Saint-Germain, est large ouverte. Il y a déjà du soleil sur une partie du trottoir, mais à l'intérieur, règne une ombre fraîche et bleutée.

Joseph fume une cigarette. C'est le seul moment de la journée où il se permette de fumer dans l'établissement. Il allume le gaz du percolateur, qu'il astique ensuite jusqu'à ce qu'il luise comme un miroir. Il y a toute une série de gestes, de rites, presque, qui se succèdent dans un ordre régulier : les bouteilles d'apéritifs et d'alcools à aligner sur l'étagère, puis le balayage de la sciure, puis les chaises à ranger autour des tables...

Or, à huit heures dix, exactement, l'homme est arrivé. Joseph, penché sur son percolateur, ne l'a pas vu entrer et il le regrettera par la suite. Est-il entré en coup de vent, comme quelqu'un qui se sent poursuivi ? Pourquoi a-t-il choisi le *Café des Ministères,* alors qu'il y a en face, de l'autre côté de la rue, un café-comptoir où l'on peut trouver à cette heure des croissants, des petits pains et une atmosphère déjà grouillante ?

Joseph dira :

— Je me suis retourné et j'ai vu quelqu'un au milieu du café, un homme coiffé d'un chapeau gris et qui tenait une petite valise à la main.

En réalité, l'établissement était ouvert sans l'être. Il était ouvert, puisque la porte l'était, mais il ne l'était pas en ce sens qu'il ne venait jamais personne à cette heure, que le café n'était pas préparé, que l'eau commençait à peine à tiédir dans le percolateur et que les chaises étaient encore empilées sur les tables.

— Je ne pourrai rien vous servir avant une bonne demi-heure, a dit Joseph.

Il croyait en être quitte. Mais l'homme, sans lâcher sa valise, a pris une chaise sur une des tables et s'est assis. Il s'est assis simplement, calmement, comme quelqu'un qu'on ne fait pas changer d'idée, et il a murmuré :

— Cela n'a pas d'importance.

Ce qui a suffi à mettre Joseph de mauvaise humeur. Il est comme ces ménagères qui ont horreur d'avoir quelqu'un dans les jambes quand elles font le grand nettoyage. L'heure du « mastic », c'est son heure à lui. Et il a grommelé entre ses dents :

— Tu l'attendras longtemps, ton café !

Jusqu'à neuf heures il a accompli son travail quotidien en lançant de temps à autre un coup d'œil furtif à son client. Dix fois, vingt fois il est passé tout près de lui, l'a frôlé, l'a même bousculé quelque peu, tantôt en balayant la sciure, tantôt en prenant les chaises sur les tables.

Puis, à neuf heures deux ou trois minutes, il s'est résigné à lui servir une tasse de café brûlant flanqué d'un petit pot de lait et de deux morceaux de sucre sur une soucoupe.

— Vous n'avez pas de croissants ?

— Vous pourrez en trouver en face.

— Cela n'a pas d'importance.

C'est curieux : il y a, chez ce client obstiné, qui doit bien se rendre compte qu'il gêne, qu'il n'est pas à sa place, que ce n'est pas l'heure de s'installer au *Café des Ministères,* une certaine humilité qui n'est pas sans le rendre sympathique.

Il y a autre chose aussi, que Joseph commence à apprécier, lui qui a l'habitude des gens qui viennent s'asseoir sur ses banquettes. Depuis une heure qu'il est là, l'homme n'a pas tiré de journal de sa poche, il n'en a pas réclamé, il n'a pas cru nécessaire de consulter le Bottin ou l'Annuaire des téléphones. Il n'a pas non plus essayé de lier la conversation avec le garçon. Il ne croise pas et ne décroise pas les jambes. Il ne fume pas.

C'est rarissime, les gens capables de rester assis pendant une heure dans un café sans bouger, sans regarder l'heure à chaque instant, sans manifester leur impatience d'une façon ou d'une autre. S'il attend quelqu'un, il l'attend avec une placidité remarquable.

A dix heures, le « mastic » fini, il est toujours là. Un autre détail curieux, c'est qu'il n'a pas pris place près des fenêtres, mais dans le fond de la salle, près de l'escalier d'acajou qui descend aux lavabos. Joseph doit y descendre, d'ailleurs, pour aller faire sa toilette. Il a déjà déployé, en tournant la manivelle, le vélum orange qui colore légèrement l'ombre du café.

Avant de descendre, il fait sonner de la monnaie dans la poche de son gilet, espérant que son client comprendra, se décidera à payer et à s'en aller.

Il n'en est rien, et Joseph s'en va, le laisse seul, change de plastron, de faux-col, se donne un coup de peigne et endosse sa petite veste d'alpaga.

Quand il remonte, l'homme est toujours là, devant sa tasse vide. La caissière, Mlle Berthe, arrive et s'installe à sa caisse, sort quelques objets de son sac à main, commence à ranger les jetons en piles régulières.

Mlle Berthe et Joseph ont échangé un clin d'œil et Mlle Berthe, qui est grasse, molle, rose et placide, avec des cheveux oxygénés, observe le client du haut de son espèce de trône.

— Il m'a fait l'effet de quelqu'un de très doux, de très convenable, et pourtant j'ai eu l'impression que sa moustache était teinte comme celle du colonel.

Car l'homme a de courtes moustaches retroussées, sans doute au petit fer, d'un noir bleuté qui fait penser à la teinture.

On livre la glace, un autre rite de tous les matins. Un colosse, avec une toile à sac sur l'épaule, transporte les blocs opalins, d'où tombent quelques gouttes d'eau limpide, et les range dans le comptoir-glacière.

Le colosse dira, car il a remarqué, lui aussi, le client unique :

— Il m'a fait l'effet d'un phoque.

Pourquoi d'un phoque ? Le livreur restera incapable de le préciser. Quant à Joseph, toujours suivant un horaire invariable, il retire les journaux de la veille des longs manches sur lesquels on les fixe, et met à leur place les journaux du soir.

— Cela ne vous dérangerait pas de m'en donner un ?

Tiens ! Le client a parlé ! D'une voix douce, comme timide.

— Lequel voulez-vous ? *Le Temps ? Le Figaro ? Les Débats ?*

— Cela n'a pas d'importance.

Ce qui donne à penser à Joseph que l'homme n'est sans doute pas de Paris. Cela ne doit pas être un étranger non plus, car il n'a pas d'accent. Plutôt quelqu'un qui débarque de la province. Mais il n'y a pas de gare à proximité. Descendant d'un train avant huit heures du matin, pourquoi aurait-il traversé plusieurs quartiers de Paris avec sa valise pour venir s'installer dans un café qu'il ne connaît pas ? Car Joseph, qui a la mémoire des physionomies, est sûr de ne l'avoir jamais vu. Les inconnus qui entrent par hasard au *Café des Ministères* sentent tout de suite qu'ils ne sont pas chez eux et s'en vont.

Onze heures. L'heure du patron, M. Monnet, qui descend de son appartement, rasé de frais, le teint clair, ses cheveux gris bien lissés, vêtu de gris, chaussé de ses éternels souliers vernis. Il y a longtemps qu'il aurait pu se retirer des affaires. Il a monté des cafés en province pour chacun de ses enfants. S'il reste ici, c'est parce que ce coin du boulevard Saint-Germain est le seul endroit du monde où il puisse vivre et que ses clients sont ses amis.

— Ça va, Joseph ?

Il a tout de suite repéré le client et sa tasse de café. Son œil devient interrogateur. Et le garçon lui souffle tout bas, derrière le comptoir :

— Il est là depuis huit heures du matin...

M. Monnet passe et repasse devant l'inconnu en se frottant les mains, ce qui est comme une invitation à engager la conversation. M. Monnet bavarde avec tous ses clients, joue aux cartes ou aux dominos avec eux, connaît leurs affaires de famille et leurs petites histoires de bureau.

L'homme ne bronche pas.

— Il m'a paru très fatigué, comme quelqu'un qui a passé la nuit dans le train sans dormir, déposera-t-il.

A tous les trois, à Joseph, à Mlle Berthe, à M. Monnet, Maigret demandera plus tard :

— Avait-il l'air de guetter quelqu'un dans la rue ?

Et les réponses seront fort différentes.

— *Non,* pour M. Monnet.

La caissière :

— J'ai eu l'impression qu'il attendait une femme.

Joseph, enfin :

— Plusieurs fois, je l'ai surpris qui regardait dans la direction du bar d'en face, mais il baissait les yeux aussitôt.

A onze heures vingt, il a commandé un quart Vichy. Il y a quelques clients qui boivent de l'eau minérale ; on les connaît, on sait pourquoi : ce sont des gens, comme M. Blanc, du ministère de la Guerre, qui suivent un régime. Joseph note machinalement que le bonhomme ne fume pas et ne boit pas, ce qui est assez rare.

Puis, pendant près de deux heures, on cesse de s'occuper de lui, car c'est l'heure de l'apéritif ; les habitués commencent à affluer, le garçon sait d'avance ce qu'il doit servir à chacun, à quelles tables il faut donner des cartes.

— Garçon...

Il est une heure. L'homme est toujours là, sa valise glissée sous la banquette de velours rouge. Joseph feint de croire qu'on lui demande l'addition et il calcule à mi-voix, annonce :

— Huit francs cinquante.

— Est-ce que vous pourriez me servir un sandwich ?

— Je regrette. Nous n'en avons pas.

— Vous n'avez pas non plus de petits pains ?

— Nous ne servons aucune nourriture.

C'est vrai et c'est faux. Il arrive que, le soir, on serve un sandwich au jambon à des joueurs de bridge qui n'ont pas eu le temps de dîner. Mais cela reste une exception.

L'homme hoche la tête et murmure :

— Cela n'a pas d'importance.

Cette fois, Joseph est frappé par un frémissement de la lèvre, par l'expression résignée, douloureuse, du visage.

— Je vous sers quelque chose ?

— Un autre café, avec beaucoup de lait.

Parce qu'il a faim, en somme, et qu'il compte sur le lait pour le nourrir un tant soit peu. Il n'a pas réclamé d'autres journaux. Il a eu le temps de lire le sien de la première à la dernière ligne, petites annonces comprises.

Le colonel est venu et n'a pas été content parce que

l'inconnu occupait sa place ; car le colonel, qui craint le moindre courant d'air — et il prétend que les courants d'air de printemps sont les plus traîtres — s'installe toujours au fond de la salle.

Jules, le second garçon, qui n'est dans le métier que depuis trois ans et qui n'aura jamais l'air d'un vrai garçon de café, vient prendre son service à une heure et demie, et Joseph, passant derrière la cloison vitrée, va manger le déjeuner qu'on lui descend du premier étage.

Pourquoi Jules trouve-t-il que l'inconnu a l'air d'un marchand de tapis et de cacahuètes ?

— Il ne m'a pas fait l'impression d'être franc. Je n'aime pas sa façon de regarder en dessous, avec quelque chose de trop doux, de visqueux dans la physionomie. Si ça n'avait été que de moi, je l'aurais balancé en lui disant qu'il s'était trompé de crémerie.

D'autres, des clients, ont remarqué l'homme et vont le remarquer davantage le soir, en le retrouvant à la même place.

Tout cela, ce ne sont, en quelque sorte, que des témoignages d'amateurs. Mais, par suite d'un hasard, on va avoir un témoignage de professionnel, et ce témoignage se trouvera aussi peu consistant que les autres.

Pendant près de dix ans, à ses débuts, Joseph a été garçon à la *Brasserie Dauphine,* à quelques pas du quai des Orfèvres, où fréquentent la plupart des commissaires et des inspecteurs de la Police Judiciaire. Il s'y est lié avec un des meilleurs collaborateurs de Maigret, l'inspecteur Janvier, dont il a épousé la belle-sœur, de sorte qu'ils sont un peu parents.

A trois heures de l'après-midi, voyant son client toujours à la même place, Joseph a commencé à s'irriter pour de bon. Il a échafaudé des hypothèses, s'est dit que, si le bonhomme s'obstinait de la sorte, ce n'est pas par amour pour l'atmosphère du *Café des Ministères,* mais parce qu'il a de bonnes raisons pour ne pas en sortir.

En descendant du train, raisonne-t-il, il a dû se sentir filé et il est rentré ici à tout hasard pour échapper à la police...

Joseph téléphone donc à la P.J. et demande Janvier au bout du fil.

— J'ai ici un drôle de client qui est installé dans son coin depuis huit heures du matin et qui semble résolu à n'en pas bouger. Il n'a rien mangé. Vous ne croyez pas que vous feriez bien de venir jeter un coup d'œil ?

Janvier, l'homme méticuleux, a emporté les derniers bulletins contenant la photographie et le signalement des personnes recherchées et s'est dirigé vers le boulevard Saint-Germain.

Hasard curieux : au moment où il pénétrait dans le café, celui-ci était vide.

— Envolé ? demande-t-il à Joseph.

Mais celui-ci désigne le sous-sol.

— Il vient de réclamer un jeton et de descendre au téléphone.

Dommage ! Quelques instants plus tôt, et on aurait pu, en alertant la table d'écoute, savoir à qui et pourquoi il téléphonait. Janvier s'assied et commande un calvados. L'homme remonte et va reprendre sa place, toujours calme, peut-être soucieux, mais sans nervosité. Il semble même à Joseph, qui commence à le connaître, qu'il est plutôt détendu.

Vingt minutes durant, Janvier l'observe des pieds à la tête. Il a tout le temps de comparer le visage un peu gras, un peu flou, à toutes les photographies des types recherchés. A la fin, il hausse les épaules.

— Il n'est pas sur nos listes, dit-il à Joseph. Il me fait l'effet d'un pauvre bougre à qui une femme a posé un lapin. Il doit être agent d'assurances, ou quelque chose dans ce genre-là.

Janvier plaisante même :

— Je ne serais pas étonné qu'il voyage pour une entreprise de pompes funèbres... En tout cas, je n'ai pas le droit de l'interpeller pour lui demander ses papiers. Aucun règlement ne lui interdit de rester dans le café aussi longtemps qu'il lui plaît et de se passer de déjeuner.

Ils bavardèrent encore un peu, Joseph et lui, puis Janvier rentra au Quai des Orfèvres, eut une conférence avec Maigret au sujet d'une affaire de jeux clandestins et omit de lui parler du bonhomme du boulevard Saint-Germain.

Malgré le vélum tendu devant les baies vitrées, des rayons obliques de soleil commençaient à s'infiltrer dans le café. Trois tables étaient occupées, à cinq heures, par des amateurs de belote. Le patron jouait à une des tables, juste en face de l'inconnu, à qui il lançait parfois un regard.

A six heures, c'était plein. Joseph et Jules allaient de table en table avec leur plateau chargé de bouteilles et de verres et l'odeur du pernod commençait à combattre celle, trop douce, des marronniers du boulevard.

Chacun des deux garçons, à cette heure-là, avait son secteur. Il se fit que la table de l'homme tombait dans le secteur de Jules, qui était moins observateur que son collègue. En outre, Jules passait de temps en temps derrière le comptoir pour s'envoyer un verre de vin blanc, de sorte que, dès le commencement de la soirée, il avait tendance à embrouiller les choses.

Tout ce qu'il put dire, c'est qu'une femme était venue.

— Une brune, gentiment habillée, l'air convenable, pas une de ces femmes qui viennent dans un café pour lier la conversation avec les clients.

Une de ces femmes, en somme, toujours selon Jules, qui n'entrent dans un endroit public que parce qu'elles y ont rendez-vous avec leur mari. Il y avait encore trois ou quatre tables disponibles. Elle s'était assise à la table voisine de celle de l'inconnu.

— Je suis sûr qu'ils ne se sont pas parlé. Elle m'a commandé un porto. Je crois me souvenir qu'outre son sac en cuir brun ou noir, elle avait un petit paquet ficelé à la main. Je l'ai aperçu au début sur la table.

Quand j'ai servi le porto, il n'y était plus ; sans doute l'avait-elle posé sur la banquette.

Dommage ! Joseph aurait bien voulu la voir. Mlle Berthe l'avait remarquée, elle aussi, du haut de sa caisse.

— Une personne plutôt bien, presque pas maquillée, en tailleur bleu avec un corsage blanc, mais, je ne sais pas pourquoi, je ne crois pas que ce soit une femme mariée.

Jusqu'à huit heures du soir, c'est-à-dire jusqu'à l'heure du dîner, le va-et-vient a été incessant. Puis il y a eu quelques vides dans la salle. A neuf heures, six tables seulement étaient occupées, dont quatre par des joueurs d'échecs, deux par des joueurs de bridge qui font invariablement leur partie tous les jours.

— Ce qu'il y a de certain, dira Joseph, c'est que mon homme connaît le bridge et les échecs. Je jurerais même qu'il y est très fort. J'ai compris cela aux regards qu'il lançait à ses voisins, à sa façon de suivre les parties.

Il avait donc l'esprit assez libre, ou bien était-ce Joseph qui se trompait ?

A dix heures, plus que trois tables. Les gens des ministères se couchent tôt. A dix heures et demie, Jules s'en allait, car sa femme attendait un bébé, et il s'était arrangé avec son collègue pour être libre de bonne heure.

L'homme était toujours là. Il avait consommé, depuis huit heures dix du matin, trois cafés, un quart vichy et une limonade. Il n'avait pas fumé. Il n'avait pas bu d'alcool. Le matin, il avait lu *Le Temps*. L'après-midi, il avait acheté un journal du soir à un camelot qui passait entre les tables.

A onze heures, comme d'habitude, Joseph commença, bien qu'il restât deux tables de joueurs, à empiler les chaises sur les tables et à répandre de la sciure de bois sur le plancher.

Un peu plus tard, sa partie étant finie, M. Monnet serra la main de ses partenaires — dont le colonel —

et, emportant la caisse dans un sac de toile où Mlle Berthe avait rangé les billets de banque et la monnaie, monta se coucher.

Au moment de sortir, il eut un coup d'œil au client obstiné dont la plupart des habitués avaient parlé pendant la soirée, et il avait dit à Joseph :

— S'il vous causait des ennuis, n'hésitez pas à sonner...

Car il y a derrière le comptoir un bouton électrique qui déclenche une sonnerie dans son appartement privé.

C'était tout, en somme. Quand, le lendemain, Maigret fit son enquête, il ne devait guère obtenir d'autres renseignements.

Mlle Berthe partait à onze heures moins dix pour prendre son dernier autobus, car elle habitait Epinay. Elle aussi regarda une dernière fois l'homme avec attention.

— Je ne peux pas dire qu'il m'ait paru nerveux. Mais il n'était pas calme non plus. Si je l'avais rencontré dans la rue, par exemple, il m'aurait fait peur, comprenez-vous ? Et, s'il était descendu de l'autobus en même temps que moi, à Epinay, je n'aurais pas osé rentrer toute seule.

— Pourquoi ?

— Il avait un regard « en dedans »...

— Qu'entendez-vous par là ?

— Que tout ce qui se passait autour de lui semblait lui être indifférent.

— Est-ce que les volets étaient fermés ?

— Non, Joseph ne les ferme qu'à la dernière minute.

— De votre place, vous aperceviez le coin de la rue et le café-bar d'en face... N'avez-vous pas remarqué d'allées et venues suspectes ?... Est-ce que quelqu'un ne semblait pas guetter votre client ?

— Je ne m'en serais pas aperçue... Autant, du côté du boulevard Saint-Germain, c'est calme, autant, dans la rue des Saints-Pères, il y a un va-et-vient perpétuel...

Et, dans le café-bar, les gens entrent et sortent sans arrêt.

— Vous n'avez vu personne en sortant ?

— Personne... Ah si ! Il y avait un agent de police au coin de la rue...

C'était exact, le commissaire du quartier le confirma. Malheureusement, l'agent devait quitter sa faction un peu plus tard.

Deux tables... Un couple qui prenait un verre après le cinéma, des gens qu'on connaissait, un médecin et sa femme, qui habitaient trois maisons plus loin et qui avaient l'habitude de s'arrêter un moment au *Café des Ministères* avant de rentrer chez eux. Ils payaient déjà, sortaient.

Le médecin remarquera :

— Nous étions assis juste en face de lui, et j'ai noté qu'il avait l'air malade.

— Quelle maladie, à votre avis ?

— Une maladie de foie, sans aucun doute...

— Quel âge lui donnez-vous ?

— C'est difficile à dire, car je n'y ai pas prêté autant d'attention que je le voudrais maintenant. A mon avis, c'est un de ces hommes qui paraissent plus vieux que leur âge... Les uns diront peut-être quarante-cinq ans ou davantage, à cause de la teinture de ses moustaches.

— Car elles étaient teintes ?

— Je le suppose... Mais j'ai eu des clients de trente-cinq ans qui avaient déjà cette chair molle et incolore, cet air éteint...

— N'avait-il pas cet air éteint parce qu'il n'avait pas mangé depuis le matin ?

— C'est possible... Mon diagnostic n'en reste pas moins : mauvais estomac, mauvais foie, et j'ajouterai mauvais intestins...

Le bridge n'en finissait pas, à la dernière table. Trois fois, la partie faillit se terminer, et trois fois le demandeur chuta.

Un cinq trèfle contré et miraculeusement réussi,

grâce à l'énervement d'un des joueurs qui affranchit la couleur longue du mort, y mit fin alors qu'il était minuit moins dix.

— Messieurs, on ferme, dit poliment Joseph en calant les dernières chaises sur les tables.

Il encaissa à la table des joueurs, et l'homme ne bougeait toujours pas. A ce moment, il l'avoua plus tard, le garçon de café eut peur. Il faillit demander aux habitués de rester quelques minutes de plus, le temps de mettre l'inconnu à la porte.

Il n'osa pas, car les quatre joueurs sortaient en commentant encore la partie, s'arrêtaient un moment pour bavarder au coin du boulevard avant de se séparer.

— Dix-huit francs soixante-quinze.

Ils n'étaient plus qu'eux deux dans le café où Joseph avait déjà éteint la moitié des lampes.

— J'avais repéré, confessera-t-il à Maigret, un siphon sur le coin du comptoir et, s'il avait bougé, je le lui aurais brisé sur la tête...

— Vous aviez placé le siphon là exprès, n'est-il pas vrai ?

C'était évident. Seize heures en compagnie de ce client énigmatique avaient mis les nerfs de Joseph en pelote. L'homme était devenu quelque chose comme son ennemi intime. Il n'était pas loin de penser qu'il n'était là que pour lui, qu'afin de lui jouer un mauvais tour, de l'attaquer quand ils seraient seuls et de le dévaliser.

Et pourtant Joseph avait commis une faute. Comme son client mettait du temps à chercher la monnaie dans ses poches, restant toujours assis à sa place, le garçon de café, qui craignait de rater son autobus, s'était dirigé vers les manivelles servant à baisser les volets, et il avait fait descendre ceux-ci. Il est vrai que la porte restait grande ouverte sur la fraîcheur de la nuit et qu'à ce moment il y avait encore un certain nombre de passants sur le trottoir du boulevard Saint-Germain.

— Voici, garçon...

Vingt et un francs. Deux francs vingt-cinq de pourboire pour une journée entière ! Le garçon faillit jeter la monnaie sur la table, de rage, et sa vieille conscience professionnelle seule l'en empêcha.

— Peut-être aussi aviez-vous un peu peur de lui, insinua Maigret.

— Je n'en sais rien. J'avais hâte, en tout cas, d'en être débarrassé... Jamais, de ma vie, un client ne m'a fait autant enrager que celui-là... Si j'avais pu prévoir, le matin, qu'il resterait là toute la journée !...

— Où étiez-vous exactement au moment où il sortait ?

— Attendez... D'abord, j'ai dû lui rappeler qu'il avait une valise sous la banquette, car il était sur le point de l'oublier.

— Il a paru contrarié que vous le lui rappeliez ?

— Non...

— Soulagé ?

— Non plus... Indifférent... Pour un type calme, je vous jure que c'est un type calme... J'ai connu des consommateurs de toutes les sortes, mais, pour rester assis pendant seize heures devant une table de marbre sans se sentir des fourmis dans les jambes !...

— Vous étiez donc...

— Près de la caisse... Je « piquais » les dix-huit francs soixante-quinze à la caisse enregistreuse... Vous avez remarqué qu'il y a deux portes, une grande à deux battants, qui donne sur le boulevard, et une petite, qui donne sur la rue des Saints-Pères... J'ai failli lui dire qu'il se trompait en le voyant se diriger vers la petite porte, puis j'ai haussé les épaules, car, en somme, cela m'était égal... Je n'avais plus qu'à me changer et à fermer.

— Il tenait sa valise de quelle main ?

— Je n'ai pas fait attention...

— Vous n'avez pas remarqué non plus s'il avait une main dans sa poche ?

— Je ne sais pas... Il n'avait pas de pardessus... Les

tables surchargées de chaises me l'ont caché... Il est sorti...

— Vous étiez toujours à la même place ?

— Oui... Ici, exactement... Je retirais le ticket de la caisse enregistreuse... De l'autre main, je sortais les derniers jetons de ma poche... J'ai entendu une détonation... A peine plus forte que celles qu'on entend toute la journée, quand les moteurs ont des ratés... Mais j'ai tout de suite compris que ce n'était pas une auto... Je me suis dit :

» — Tiens ! Il s'est quand même fait descendre...

» On pense très vite, dans ces occasions-là... Il m'est arrivé plusieurs fois dans ma vie d'assister à des bagarres sérieuses. C'est le métier qui veut ça... J'ai toujours été étonné de voir comme on pense vite...

» Je m'en suis voulu... Car, en somme, ce n'était plus qu'un pauvre type qui s'était réfugié ici parce qu'il savait qu'il se ferait abattre dès qu'il mettrait le nez dehors...

» J'avais des remords... Il n'avait rien mangé... Peut-être qu'il n'avait pas d'argent pour faire venir un taxi et y sauter avant d'être visé par le type qui le guettait...

— Vous ne vous êtes pas précipité ?

— Eh bien ! à vrai dire...

Joseph était embarrassé.

— Je crois que je suis resté quelques instants à réfléchir... J'ai une femme et trois enfants, vous comprenez ?... J'ai d'abord poussé sur le bouton électrique qui communique avec la chambre du patron... J'ai entendu, dehors, des gens qui pressaient le pas, des voix, dont une voix de femme, qui disait :

» — Ne t'en mêle pas, Gaston...

» Puis le sifflet d'un agent...

» Je suis sorti... Il y avait déjà trois personnes debout, dans la rue des Saints-Pères, à quelques mètres de la porte.

— A huit mètres, devait préciser Maigret en consultant le rapport.

— C'est possible... Je n'ai pas mesuré... Un homme

était accroupi près d'une forme étendue... Je n'ai su qu'après que c'était un médecin qui revenait justement du théâtre et, comme par hasard, un client à nous aussi... Nous avons beaucoup de clients parmi les docteurs...

» Il s'est relevé en disant :

» — Il a son compte... La balle est entrée par la nuque et est sortie par l'œil gauche.

» L'agent de police arrivait. Je savais bien que j'allais être questionné.

» Vous me croirez si vous voulez, mais je n'osais pas regarder par terre... Cette histoire de l'œil gauche, surtout, me donnait mal au ventre... Je ne tenais pas à revoir mon client dans cet état, avec l'œil hors de la tête...

» Je me disais que c'était un peu ma faute, que j'aurais dû. Mais qu'est-ce que j'aurais pu faire au juste ?

» J'entends encore la voix de l'agent qui questionne, son calepin à la main :

» — Personne ne le connaît ?

» Et je dis machinalement :

» — Moi... Enfin, je crois que...

» Je finis quand même par me pencher, je regarde et je vous jure, monsieur Maigret, à vous qui me connaissez depuis longtemps, vu que je vous ai servi des milliers et des milliers de verres de bière et de calvados à la *Brasserie Dauphine,* je vous jure que je n'ai jamais eu une pareille émotion de ma vie.

» *Ce n'était pas lui !...*

» C'était un type que je ne connaissais pas, que je n'avais jamais vu, un grand maigre, qui, par une belle journée comme celle-là, par une nuit douce à dormir dehors, portait un imperméable beige.

» Cela m'a soulagé... C'est peut-être bête, mais j'ai été bien content de ne pas m'être trompé... Si mon client avait été la victime au lieu d'être l'assassin, je me le serais reproché toute ma vie...

» Depuis le matin, voyez-vous, je sentais que ce type-là n'était pas très catholique... J'en aurais mis ma main au feu... Ce n'est pas pour rien que j'ai téléphoné à Janvier... Seulement Janvier, bien qu'il soit presque mon beau-frère, ne voit que le règlement... Supposez que, quand je l'ai fait venir, il ait demandé ses papiers au client... Sûrement qu'ils n'étaient pas en règle.

» Ce n'est pas le premier honnête homme venu qui reste toute une journée dans un café pour finir par tuer quelqu'un sur le trottoir à minuit...

» Il n'a pas mis de temps à s'envoler, remarquez-le... Personne ne l'a vu après le coup de feu.

» Si ce n'est pas lui qui a tiré, il serait resté là... Il n'avait pas encore eu le temps de parcourir dix mètres quand j'ai entendu la détonation...

» Ce que je me demande, c'est ce que la femme que Jules a servie — celle qui a bu un porto — est venue faire. Car je ne doute pas qu'elle soit venue pour le type... Il n'entre pas tellement de femmes seules chez nous... Ce n'est pas une maison à ça.

— Je croyais, objecta Maigret, qu'ils ne s'étaient pas parlé...

— Comme si c'était nécessaire de parler !... Elle avait un petit paquet en arrivant, n'est-ce pas ? Jules l'a remarqué, et Jules n'est pas un menteur... Il l'a vu sur la table, puis il ne l'a plus vu, et il a supposé qu'elle l'avait posé sur la banquette... et Mlle Berthe, quand la dame est partie, l'a suivie des yeux, à cause de son sac à main qu'elle admirait et dont elle aurait voulu le pareil. Or Mlle Berthe ne s'est pas aperçue qu'elle portait un paquet.

» Avouez que ce sont des choses qui n'échappent pas aux femmes.

» Vous direz ce que vous voudrez, je continue à penser que j'ai passé toute la journée avec un assassin et que je l'ai sans doute échappé belle...

CHAPITRE

2

L'amateur de petit vin blanc et la dame aux escargots

PARIS FUT FAVORISE, LE LENdemain, d'une de ces journées comme le printemps n'en réussit que trois ou quatre chaque année — quand il daigne y mettre du sien —, une de ces journées qu'il faudrait savourer sans rien faire d'autre, comme on déguste un sorbet, une vraie journée de souvenirs d'enfant. Tout était bon, léger, capiteux, d'une qualité rare : le bleu du ciel, le flou moelleux de quelques nuages, la brise qui vous caressait soudain au tournant d'une rue et qui faisait frémir juste assez les marronniers pour vous forcer à lever la tête vers leurs grappes de fleurs sucrées. Un chat sur l'appui d'une fenêtre, un chien étendu sur le trottoir, un cordonnier en tablier de cuir sur son seuil, un vulgaire autobus vert et jaune qui passait, tout était précieux ce jour-là, tout vous mettait de la gaieté dans l'âme, et c'est pour cela sans doute que Maigret garda toute sa vie un délicieux souvenir du carrefour du boulevard Saint-Germain et de la rue des Saints-Pères, c'est pourquoi, aussi, plus tard, il devait lui arriver souvent de faire halte dans certain café pour y boire, à l'ombre, un verre de bière qui n'avait malheureusement plus le même goût.

Quant à l'affaire, contre toute attente, elle devait devenir célèbre, moins par l'inexplicable obstination du client des *Ministères* et par le coup de feu de minuit que par le mobile du crime.

A huit heures du matin, le commissaire était dans son bureau, toutes fenêtres ouvertes sur le panorama bleu et or de la Seine, et il prenait connaissance des rapports en fumant sa pipe à petites bouffées gourmandes. C'est ainsi qu'il eut son premier contact avec l'homme du *Café des Ministères* et avec le mort de la rue des Saints-Pères.

Le commissaire du quartier avait fait, pendant la nuit, du bon travail. Le médecin légiste, le Dr Paul, avait pratiqué l'autopsie dès six heures du matin. La balle, qu'on avait retrouvée sur le trottoir — on avait retrouvé la douille aussi, presque à l'angle du boulevard Saint-Germain, contre le mur — avait déjà été soumise à l'expert Gastinne-Renette.

Enfin, sur le bureau de Maigret, il y avait les vêtements du mort, le contenu des poches et un certain nombre de photographies qui avaient été prises sur les lieux par l'Identité judiciaire.

— Vous voulez venir dans mon bureau, Janvier ? Je vois, d'après le rapport, que vous êtes quelque peu mêlé à cette affaire.

Et voilà comment Maigret et Janvier devaient, ce jour-là, être, une fois de plus, inséparables.

Les vêtements de la victime, d'abord ; ils étaient de bonne qualité, moins usés qu'ils ne paraissaient tout d'abord, mais dans un état étonnant de mauvais entretien. Les vêtements d'un homme sans femme, qui porte tous les jours le même complet, sans jamais se donner un coup de brosse, et, avait-on envie d'ajouter, à qui il arrive de dormir tout habillé. La chemise, qui était neuve, qui n'était pas encore allée au blanchissage, avait été portée une huitaine de jours au moins, et les chaussettes ne valaient guère mieux.

Dans les poches, aucun papier d'identité, aucune lettre, aucun document permettant d'identifier l'inconnu, mais, par contre, des objets hétéroclites : un canif à nombreuses lames, un tire-bouchon, un mouchoir sale et un bouton qui manquait au veston ; une clef, une pipe très culottée et une blague à tabac ; un portefeuille qui contenait deux mille trois cent cinquante francs et une photographie représentant une hutte indigène en Afrique, avec une demi-douzaine de négresses aux seins nus qui regardaient fixement l'appareil ; des morceaux de ficelle, un billet de chemin de fer (troisième classe) de Juvisy à Paris, portant la date de la veille.

Enfin, un de ces petits tampons à imprimer, comme il y en a dans les boîtes pour enfants, où l'on range des lettres en caoutchouc afin d'en faire un timbre humide.

Les lettres en caoutchouc formaient les mots : *J'aurai ta peau.*

Le rapport du médecin légiste contenait des détails intéressants. Quant au crime, d'abord. Le coup avait été tiré par-derrière, à trois mètres à peine, et la mort avait été instantanée.

Le mort portait de nombreuses cicatrices, entre autres, aux pieds, des cicatrices de « chiques », sortes de tiques qui, dans le Centre africain, s'incrustent dans les orteils et qu'il faut extraire avec un couteau. Le foie était dans un état lamentable, un foie d'ivrogne, et enfin il était avéré que l'homme tué rue des Saints-Pères était atteint de paludisme.

— Et voilà !... fit Maigret en cherchant son chapeau. En route, mon vieux Janvier !...

Ils gagnèrent à pied le carrefour du boulevard Saint-Germain et, à travers les vitres, ils virent Joseph occupé à faire son « mastic ».

Mais c'est en face que le commissaire entra tout d'abord. Les deux cafés qui se faisaient vis-à-vis chacun à un angle de la rue, étaient aussi différents l'un de l'autre que possible. Autant le domaine de Joseph était vieillot et discret, autant l'autre, dont l'enseigne portait les mots *Chez Léon*, était agressivement, vulgairement moderne.

Il comportait, bien entendu, un long comptoir où

deux garçons en manche de chemise suffisaient à peine à servir les cafés crème, les petits vins blancs et, plus tard, les coups de rouge et les apéritifs anisés.

Des pyramides de croissants, de sandwiches, d'œufs durs... Le bureau de tabac, au bout du comptoir, où se relayaient le patron et la patronne, puis la « salle », avec ses colonnes, en mosaïque rouge et or, avec ses guéridons d'une matière indéterminée, où s'irisaient des couleurs invraisemblables et ses sièges recouverts de velours gaufré, du rouge le plus grinçant.

Ici, c'était, toutes baies ouvertes sur la rue, la bousculade du matin au soir. Des gens entraient et sortaient, des maçons en blouse poudreuse, des livreurs qui laissaient un instant leur triporteur au bord du trottoir, des employés, des dactylos, des gens qui avaient soif et d'autres qui avaient à donner un coup de téléphone.

— Verse pour un !... Deux beaujolais !... Trois bocks !...

La caisse enregistreuse fonctionnait sans arrêt, et il y avait de la sueur sur le front des garçons qui s'épongeaient parfois avec le même torchon qui servait à essuyer le comptoir. On plongeait un instant, dans l'eau trouble des bassins d'étain, les verres qu'on ne se donnait pas la peine de sécher ensuite et dans lesquels on versait à nouveau vin rouge ou vin blanc.

— Deux petits blancs secs... commanda Maigret, qui savourait tout ce brouhaha matinal.

Et le vin blanc avait un arrière-goût canaille qu'on ne savoure que dans les bistrots de cette sorte.

— Dites-moi, garçon... Vous vous souvenez de ce type-ci ?...

L'Identité judiciaire avait bien travaillé. C'est une besogne ignoble, mais nécessaire et rudement délicate. La photographie d'un mort est toujours difficile à reconnaître, surtout si le visage a été quelque peu abîmé. Alors, messieurs les photographes de l'Identité vous maquillent le cadavre et vous retouchent l'épreuve de telle sorte qu'ils en font le portrait d'un vivant.

— C'est bien lui, dis donc, Louis ?

Et l'autre garçon, son torchon à la main, venait jeter un coup d'œil par-dessus l'épaule de son camarade.

— C'est lui !... Il nous a assez em...bêtés hier toute la journée pour qu'on le reconnaisse.

— Vous savez à quelle heure il est entré ici pour la première fois ?

— Ça, c'est plus difficile à dire... On ne remarque guère les clients qui ne font que passer... Mais je me souviens que, vers dix heures du matin, ce type-là était rudement excité... Il ne tenait pas en place... Il venait au bar... Il commandait un coup de blanc... Il payait, après l'avoir avalé d'un trait... Puis il s'en allait dehors... On s'en croyait débarrassé et, dix minutes plus tard, on le retrouvait assis dans la salle en train d'appeler le garçon et de commander un nouveau coup de blanc...

— Il a passé ainsi toute la journée ?

— Je crois bien que oui... En tout cas, je l'ai vu au moins dix ou quinze fois... Toujours plus trépidant, avec une drôle de façon de vous regarder, et des doigts qui tremblaient comme ceux d'une vieille femme quand il vous tendait la monnaie... Est-ce qu'il ne t'a pas cassé un verre, Louis ?

— Oui... Et il s'est obstiné à en ramasser tous les morceaux dans la sciure en répétant :

» — C'est du verre blanc !... Ça porte bonheur, mon vieux ! Et, vois-tu, aujourd'hui surtout, j'ai besoin que quelque chose me porte bonheur... Es-tu jamais allé au Gabon, fiston ?

— A moi aussi, intervint l'autre garçon, il m'a parlé de Gabon, je ne sais plus à propos de quoi... Ah ! oui, quand il s'est mis à manger des œufs durs... Il en a mangé douze ou treize à la file... J'avais peur de le voir s'étouffer, surtout qu'il avait déjà pas mal bu...

» — Aie pas peur, fiston, qu'il m'a dit. Une fois, au

Gabon, j'ai fait le pari d'en avaler trente-six, avec autant de verres de bière, et j'ai gagné...

— Il paraissait préoccupé ?

— Cela dépend de ce que vous entendez par là. Il entrait et il sortait tout le temps. J'ai d'abord pensé qu'il attendait quelqu'un. Il lui arrivait de ricaner tout seul, comme quelqu'un qui se raconte des histoires. Il s'est raccroché longtemps à un bon vieux qui vient chaque après-midi boire ses deux ou trois verres de rouge, et il le tenait par le revers de son veston...

— Vous saviez qu'il était armé ?

— Comment aurais-je pu le deviner ?

— Parce qu'un homme de cet acabit-là est bien capable de montrer son revolver à tout le monde !

Or il en avait un, qu'on avait retrouvé sur le trottoir à côté de lui, un gros revolver à barillet dont aucune balle n'avait été tirée.

— Remettez-nous deux vins blancs.

Et Maigret était d'humeur si enjouée qu'il ne put résister aux instances d'une petite marchande de fleurs qui marchait pieds nus, une gamine maigre et sale qui possédait les plus beaux yeux de la terre. Il lui acheta un bouquet de violettes et, ensuite, ne sachant qu'en faire, il le fourra dans la poche de son veston.

Ce fut, il faut bien le dire, la journée des petits verres. Car, ensuite, le commissaire et Janvier durent traverser la rue et pénétrer dans l'ombre si savoureuse du *Café des Ministères*, où Joseph se précipita au-devant d'eux.

Ici, c'était à l'image de plus en plus floue de l'homme à la petite valise et à la moustache bleutée qu'on s'attaquait. Ou plutôt le mot *flou* était inexact. Cela donnait plutôt l'impression d'une photo bougée. Plus exactement encore d'une de ces pellicules sur laquelle on a pris plusieurs poses.

Personne n'était d'accord. Chacun voyait le client d'une façon différente et, maintenant, il y avait même quelqu'un, le colonel, pour jurer qu'il lui avait fait l'impression d'un homme qui prépare un mauvais coup.

Les uns le voyaient agité et les autres étonnamment placide. Maigret écoutait, hochait la tête, bourrait sa pipe d'un index méticuleux, l'allumait en tirant de petites bouffées et faisait de petits yeux, les petits yeux d'un homme qui savoure une merveilleuse journée dont le ciel, en un jour de bonne humeur, se décide à faire cadeau aux hommes.

— La femme...

— Vous voulez dire la jeune fille ?

Car pour Joseph, qui l'avait à peine vue, c'était une jeune fille, jolie, distinguée, une jeune fille de bonne famille.

— Je parierais qu'elle ne travaille pas.

Il la voyait plutôt faire de la pâtisserie et des entremets dans une maison douillettement bourgeoise, tandis que Mlle Berthe, la caissière, émettait de petits doutes et disait :

— Je ne lui donnerais pas si vite le bon Dieu sans confession... Cependant il est certain qu'elle est mieux que lui...

Il y avait des moments où Maigret avait envie de s'étirer, comme à la campagne quand on a la peau profondément imprégnée de soleil, et tout, dans la vie du carrefour, ce matin-là, l'enchantait ; les autobus qui s'arrêtaient et repartaient, le geste rituel du receveur qui tendait la main vers sa sonnette, dès que les voyageurs étaient montés, le grincement, l'embrayage, l'ombre mouvante des feuilles de marronniers sur l'asphalte du trottoir.

— Je parie qu'elle n'est pas allée loin !... grommela-t-il à l'adresse de Janvier, qui était vexé de ne pouvoir donner un signalement plus précis de l'homme, qu'il avait pourtant regardé sous le nez.

Et ils restaient debout un bon moment au bord du trottoir. Les deux cafés, plantés chacun à un coin de rue... Un homme dans l'un et un homme dans l'autre...

On aurait dit que le hasard les avait placés chacun dans l'ambiance voulue. Ici, le petit monsieur moustachu qui n'avait pas bougé de toute la journée, sinon pour aller donner un coup de téléphone, et qui s'était contenté de boire du café, un quart Vichy et une limonade, qui n'avait même pas protesté quand Joseph lui avait annoncé qu'il n'y avait rien à manger.

En face, dans le va-et-vient bruyant des ouvriers, des livreurs, des employés, de tout un petit peuple pressé, l'énergumène aux verres de vin blanc, aux œufs durs, qui entrait, sortait, se raccrochait aux uns et aux autres pour leur parler du Gabon.

— Je parie qu'il y a un troisième café, dit Maigret en regardant de l'autre côté du boulevard.

En quoi il se trompait. Sur l'autre trottoir, juste en face de la rue des Saints-Pères, à un endroit d'où on apercevait donc les deux coins de rue, il n'y avait pas de café, ni de bar, mais un restaurant à vitrine étroite, une salle basse et longue, toute en profondeur, où l'on pénétrait en descendant deux marches.

Cela s'intitulait *A l'Escargot*, et cela sentait le restaurant d'habitués, avec, au mur, un casier en bois clair dans lequel les clients rangeaient leur serviette. Il y régnait une odeur de bonne cuisine à l'ail, et ce fut la patronne en personne, à cette heure creuse, qui vint du fond de sa cuisine pour accueillir Maigret et Janvier.

— Qu'est-ce que c'est, messieurs ?

Le commissaire se nomma.

— Je voudrais savoir si hier, dans la soirée, vous n'avez pas eu une cliente qui est restée plus longtemps que de coutume dans votre établissement...

La salle était vide. Les couverts étaient déjà dressés sur les tables, flanqués de minuscules carafes de vin rouge ou blanc.

— C'est mon mari qui tient la caisse, et il est sorti pour acheter des fruits. Quant à Jean, notre garçon, il sera ici dans quelques minutes, car il prend son service à onze heures... Si vous voulez que je vous serve quelque chose en attendant ?... Nous avons un petit vin corse que mon mari fait venir et qui n'est pas désagréable...

Tout le monde était charmant, ce jour-là. Le petit vin corse l'était aussi. Délicieuse, cette salle basse où les deux hommes attendaient Jean, tout en regardant défiler les passants sur le trottoir et en apercevant les deux cafés de l'autre côté du boulevard !

— Vous avez une idée, patron ?

— J'en ai plusieurs... Seulement, il n'y en a qu'une de bonne, n'est-ce pas ?

Jean arriva. C'était un vieux tout chenu, qu'on aurait reconnu n'importe où pour un garçon de restaurant. Il pénétra à moitié dans un placard pour se changer.

— Dites-moi, garçon... Vous souvenez-vous d'avoir eu, hier au soir, une cliente qui ne s'est pas comportée comme tout le monde ?... Une demoiselle aux cheveux bruns...

— Une dame, rectifia Jean. En tout cas, je suis sûr qu'elle portait une alliance, et même une alliance en or rouge. Je l'ai remarqué parce que, ma femme et moi, avons des alliances en or rouge aussi. Regardez...

— Jeune ?

— Pour ma part, je lui donnerais trente ans... Une personne bien convenable, pas maquillée ou à peine, parlant aux gens très poliment...

— A quelle heure est-elle arrivée ?

— Justement ! Elle est arrivée vers six heures et quart, alors que je finissais la mise en place pour le dîner. Les clients, qui sont presque tous des habitués (coup d'œil au casier à serviettes), n'arrivent guère avant sept heures... Elle a paru surprise en entrant dans la salle vide, et elle a eu un mouvement de recul.

» — C'est pour dîner ? lui ai-je demandé.

» Parce qu'il y a parfois des gens qui se trompent, qui croient venir dans un café.

» — Entrez... Je peux vous servir d'ici un quart

d'heure... Si vous voulez prendre quelque chose en attendant ?

» Elle a commandé un porto...

Maigret et Janvier échangèrent un regard satisfait.

— Elle s'est assise près de la fenêtre. J'ai dû la faire changer de place, parce qu'elle avait pris la table de ces messieurs de l'Enregistrement, qui viennent ici depuis dix ans et qui tiennent à leur table.

» En réalité, elle a dû attendre près d'une demi-heure, car les escargots n'étaient pas prêts... Elle ne s'est pas impatientée... Je lui ai apporté un journal et elle ne l'a pas lu ; elle se contentait de regarder tranquillement dehors...

Comme le monsieur aux moustaches bleutées, en somme ! Un homme calme, une dame calme et, à l'autre coin de rue, une sorte d'hurluberlu aux nerfs tendus. Or, jusqu'ici, c'était l'hurluberlu qui était armé. C'était lui qui avait dans sa poche un méchant timbre en caoutchouc qui menaçait : « J'aurai ta peau. »

Et c'était lui qui était mort, sans s'être servi de son revolver.

— Une dame très douce. J'ai pensé que c'était une personne du quartier qui avait oublié sa clef et qui attendait le retour de son mari pour rentrer chez elle. Cela arrive plus souvent qu'on ne croit, vous savez...

— Elle a mangé avec appétit ?

— Attendez... Une douzaine d'escargots... Puis du ris de veau, du fromage et des fraises à la crème... Je m'en souviens parce que ce sont des plats avec supplément... Elle a bu une petite carafe de vin blanc et un café...

» Elle est restée très tard. C'est ce qui m'a fait penser qu'elle attendait quelqu'un... Elle n'est pas partie tout à fait la dernière, mais il ne restait que deux personnes quand elle a demandé l'addition... Il devait être un peu plus de dix heures... La plupart du temps, nous fermons à dix heures et demie...

— Vous ne savez pas dans quelle direction elle est allée ?

— J'espère que vous ne lui voulez pas de mal ? s'informa le vieux Jean, qui semblait avoir un petit béguin pour sa cliente d'un soir. Alors, je peux bien vous dire que, quand je suis sorti, à onze heures moins le quart, et que j'ai traversé le terre-plein, j'ai été étonné de l'apercevoir debout près d'un arbre... Tenez, le second arbre à gauche du bec de gaz...

— Elle semblait toujours attendre quelqu'un ?

— Je le suppose... Ce n'est pas une personne à faire le métier que vous pensez... Quand elle m'a aperçu, elle a détourné la tête, comme si elle était gênée.

— Dites-moi, garçon, elle avait un sac à main ?

— Mais... bien entendu...

— Il était grand ?... Petit ?... Elle l'a ouvert devant vous ?

— Attendez... Non, elle ne l'a pas ouvert devant moi... Elle l'avait posé sur l'appui de la fenêtre, vu que sa table touchait à la fenêtre... Il était sombre, en cuir, assez grand, rectangulaire... Il y avait une lettre en argent ou en autre métal dessus... Un M, je crois.

— Eh bien ! mon vieux Janvier ?

— Eh bien ! patron ?

S'ils continuaient à boire des petits verres un peu partout, ils finiraient, par cette sacrée journée de printemps, par se conduire comme des écoliers en vacances.

— Vous croyez que c'est elle qui a tué le type ?

— Nous savons qu'il a été tué par-derrière, à trois mètres environ.

— Mais le bonhomme du *Café des Ministères* aurait pu...

— Un instant, Janvier... Lequel des deux types, à notre connaissance, guettait l'autre ?

— Le mort...

— Qui n'était pas encore mort... Donc, c'était lui qui guettait... C'était lui qui était *sûrement* armé...

C'était lui qui menaçait... Dans ces conditions, à moins de croire qu'à minuit il était fin saoul, il est probable que l'autre, qui sortait des *Ministères*, n'a pas pu le surprendre et lui tirer dessus par-derrière, surtout à si courte distance... Tandis que la femme...

— Qu'est-ce que nous faisons ?

A vrai dire, si Maigret s'était écouté, il aurait encore traîné dans le quartier, tant lui plaisait soudain l'atmosphère du carrefour. Retourner chez Joseph. Puis au bar d'en face. Renifler. Boire des petits verres. Reprendre toujours, sur des tons différents, le même thème : un homme ici, avec des moustaches cirées ; un autre en face, pourri de fièvre et d'alcool ; une femme enfin, si convenable qu'elle avait séduit le vieux Jean, mangeant des escargots, du ris de veau et des fraises à la crème.

— Je parie qu'elle est habituée à une cuisine très simple, à ce qu'on appelle la cuisine bourgeoise ou la cuisine des familles, et qu'elle mange rarement au restaurant.

— Comment le savez-vous ?

— Parce que les gens qui mangent souvent au restaurant ne prennent pas, au même repas, trois plats avec supplément, dont deux plats qu'on fait rarement chez soi : des escargots et du ris de veau... Deux plats qui ne vont pas ensemble et qui indiquent la gourmandise.

— Et vous croyez qu'une femme qui va tuer quelqu'un se préoccupe de ce qu'elle mange ?

— D'abord, mon petit Janvier, rien ne prouve qu'elle était *sûre de tuer* quelqu'un ce soir-là...

— Si c'est elle qui a tiré, elle était armée... J'ai bien compris le sens de vos questions au sujet du sac à main... Je m'attendais à ce que vous demandiez au garçon si celui-ci paraissait lourd.

— Ensuite, continuait Maigret imperturbable, les pires drames n'empêchent pas la majorité des humains d'être sensibles à ce qu'ils mangent... Tu as dû voir ça comme moi... Quelqu'un vient de mourir...

La maison est sens dessus dessous... On pleure, on gémit dans tous les coins... On se figure que la vie ne reprendra jamais plus son rythme normal... Une voisine, une tante ou une vieille bonne n'en prépare pas moins le dîner...

» — Je suis incapable d'avaler une bouchée... jure la veuve.

» On l'encourage. On la force à se mettre à table. Toute la famille finit par s'y asseoir et par laisser le mort seul ; et toute la famille, après quelques minutes, mange avec appétit ; et c'est la veuve qui réclame le sel et le poivre parce qu'elle trouve le ragoût fade...

» En route, mon petit Janvier...

— Où allons-nous ?

— A Juvisy...

Ils auraient dû, pour bien faire, aller prendre le train à la gare de Lyon. Mais de pénétrer dans la cohue, d'attendre au guichet, puis sur les quais, de voyager peut-être debout dans un couloir ou dans un compartiment de non-fumeurs, n'était-ce pas gâcher une trop belle journée ?

Tant pis si le caissier de la P.J. faisait des difficultés ! Maigret choisit un taxi découvert, une belle voiture presque neuve, et se cala sur les coussins.

— A Juvisy... Vous nous arrêterez en face de la gare...

Et il somnola voluptueusement tout le long du trajet, les yeux mi-clos, un filet de fumée filtrant de ses lèvres qui entouraient le tuyau de sa pipe.

CHAPITRE

3

L'extravagante histoire de la morte
qui n'était peut-être pas la morte

CENT FOIS, QUAND ON LUI demandait le récit d'une des affaires dont il s'était occupé, Maigret aurait eu l'occasion de raconter des enquêtes où il avait joué un rôle brillant, forçant littéralement, par son obstination, par son intuition aussi, par son sens de l'humain, la vérité à se faire jour.

Or l'histoire qu'il devait raconter le plus volontiers par la suite, c'était celle des deux cafés du boulevard Saint-Germain, une des affaires, pourtant, dans laquelle son mérite fut le plus mince, mais qu'il ne pouvait s'empêcher d'évoquer avec un sourire gourmand et satisfait.

Encore ajoutait-il, quand on lui demandait :

— Mais la vérité ?

— C'est à vous de choisir celle qui vous plaira le mieux...

Car, sur un point tout au moins, ni lui ni personne ne découvrit jamais la vérité entière.

Il était midi et demi quand le taxi les déposa en face de la gare de Juvisy, dans la grande banlieue, et ils pénétrèrent tout d'abord, Janvier et lui, au *Restaurant du Triage*, un restaurant banal, avec une terrasse qu'entouraient des lauriers plantés dans des tonneaux peints en vert.

Est-ce qu'on peut entrer dans un café sans rien boire ? Ils s'interrogèrent du regard. Allons ! Puisqu'ils étaient voués depuis le matin au vin blanc, comme le mort de la rue des Saints-Pères, autant continuer.

— Dites-moi, patron, vous ne connaissez pas ce type-là ?

Et l'espèce de boxeur en manche de chemise qui opérait derrière le comptoir de zinc examinait la photographie truquée du mort, l'éloignait de ses yeux qui devaient être mauvais, appelait :

— Julie !... Viens ici un instant... C'est le type d'à côté, n'est-ce pas ?

Sa femme s'essuyait les mains à son tablier de toile bleue, saisissait avec précaution la photographie.

— Bien sûr que c'est lui !... Mais il a une drôle d'expression, sur cette photo-là...

Et, tournée vers le commissaire :

— Hier encore, il nous a tenus jusqu'à onze heures à boire des petits verres.

— Hier ?

Maigret avait eu un choc dans la poitrine.

— Attendez... Non... Je veux dire avant-hier... Hier, d'ailleurs, je faisais ma lessive et, le soir, je suis allée au cinéma.

— On peut manger, chez vous ?

— Naturellement, qu'on peut manger... Qu'est-ce que vous voulez ?... Du fricandeau ?... Du rôti de porc avec des lentilles ?... Il y a du bon pâté de campagne pour commencer.

Ils déjeunèrent à la terrasse, à la table voisine du chauffeur qu'ils avaient gardé. De temps en temps, le patron venait faire un brin de conversation avec eux.

— On vous renseignera mieux chez mon collègue, qui a des chambres... Nous, nous ne faisons pas hôtel... Il doit y avoir un mois ou deux que votre type est descendu chez lui... Seulement, pour ce qui est de boire, il va un peu partout... Tenez, hier matin...

— Vous êtes sûr que c'était hier ?

— Sûr et certain... Il est rentré à six heures et

demie au moment où j'ouvrais les volets, et il s'est tassé deux ou trois vins blancs pour « tuer le ver »... Puis soudain, au moment où le train de Paris allait partir, il s'est précipité en courant vers la gare.

Le patron ne savait rien de lui, sinon qu'il buvait du matin au soir, qu'il parlait volontiers du Gabon, qu'il méprisait intensément tous ceux qui n'avaient pas vécu en Afrique et qu'il en voulait à quelqu'un.

— Il y a des gens qui se croient malins, répétait l'homme à l'imperméable. C'est quand même moi qui finirai par les avoir. On peut être salaud, c'est entendu. Seulement, il y a des limites à la saloperie.

Une demi-heure plus tard, Maigret, toujours flanqué de Janvier, pénétrait à l'*Hôtel du Chemin de fer*, qui comportait un restaurant tout pareil à celui qu'ils venaient de quitter, sauf que la terrasse n'était pas encadrée de lauriers et que les chaises en fer étaient peintes en rouge au lieu d'être peintes en vert.

Le patron, à son comptoir, était en train de lire à haute voix un article de journal à sa femme et à son garçon de café. Maigret comprit tout de suite, en voyant la photo du mort qui s'étalait en première page : les journaux de midi venaient d'arriver à Juvisy et c'était le commissaire lui-même qui avait envoyé les photographies à la presse.

— C'est votre locataire ?

Un coup d'œil méfiant.

— Oui... Et après ?

— Rien... Je voulais savoir si c'était votre locataire...

— Bon débarras, en tout cas !

Il fallait encore une fois commander quelque chose et on ne pouvait pas boire du vin blanc après déjeuner.

— Deux calvados.

— Vous êtes de la police ?

— Oui...

— Il me semblait bien... Votre tête me dit quelque chose... Alors ?...

— C'est moi qui vous demande ce que vous en pensez...

— J'en pense que c'est plutôt lui qui aurait descendu quelqu'un... Ou qui se serait fait casser la gueule d'un coup de poing... Parce que, quand il était saoul, et il l'était tous les soirs, il devenait impossible.

— Vous avez sa fiche ?

Très digne, pour montrer qu'il n'avait rien à cacher, le patron alla chercher son registre qu'il tendait au commissaire avec un rien de dédain.

Ernest Combarieu, quarante-sept ans, né à Marsilly, par La Rochelle (Charente-Maritime), coupeur de bois, venant de Libreville, Gabon.

— Il est resté six semaines chez vous ?

— Six semaines de trop !

— Il ne payait pas ?

— Il payait régulièrement, chaque semaine... Mais c'était un excité... Il restait des deux ou trois jours au lit, avec la fièvre, faisant monter du rhum pour se soigner, du rhum qu'il buvait à pleines bouteilles, puis il descendait et, pendant quelques jours, il faisait la tournée de tous les bistrots du pays, oubliant parfois de rentrer ou bien nous éveillant à des trois heures du matin... Des fois, on était obligé de le déshabiller... Il vomissait sur le tapis de l'escalier ou sur sa carpette...

— Il avait de la famille dans le pays ?

Le patron et la patronne se regardèrent.

— Il connaissait sûrement quelqu'un, mais il n'a jamais voulu dire qui. Si c'est de la famille, je puis vous garantir qu'il ne l'aimait pas, car il disait volontiers :

» — Un jour, vous entendrez parler de moi et d'un salaud que tout le monde prend pour un honnête homme, un sale hypocrite qui est le voleur le plus voleur du monde...

— Vous n'avez jamais su de qui il parlait ?

— Tout ce que je sais, c'est qu'il était insupportable et qu'il avait la manie, quand il était ivre, de sortir un gros revolver à barillet de sa poche, de le braquer sur un point imaginaire, et de s'écrier :

» — Pan ! Pan !...

» Alors quoi, il éclatait de rire et réclamait à boire.

— Vous prendrez bien un petit verre avec nous ?... Encore une question... Connaissez-vous, à Juvisy, un monsieur de taille moyenne, assez gras sans être gros, avec des moustaches troussées, d'un beau noir, qui se promène parfois avec une petite valise à la main...

— Tu vois ça, bobonne ? demanda le patron à sa femme...

Et celle-ci cherchait dans sa mémoire.

— Non... A moins... Mais il est plutôt plus petit que la moyenne et je ne le trouve pas gras...

— De qui parlez-vous ?

— De M. Auger, qui habite un pavillon dans le lotissement.

— Il est marié ?

— Bien sûr... Mme Auger est une jolie femme, très convenable, très douce, qui ne quitte pour ainsi dire jamais Juvisy... Tiens !... A ce propos...

Les trois hommes la regardaient, restaient dans l'attente.

— Cela me rappelle qu'hier, comme je faisais ma lessive dans la cour, je l'ai vue qui se dirigeait vers la gare... J'ai pensé qu'elle allait prendre le train de quatre heures trente-sept.

— Elle est brune, n'est-ce pas ?... Avec un sac à main en cuir noir ?

— Je ne sais pas de quelle couleur était son sac à main, mais elle portait un tailleur bleu sur une blouse blanche.

— Quelle est la profession de M. Auger ?

Cette fois, la patronne se tourna vers son mari.

— Il vend des timbres... Il y a son nom dans les journaux, aux petites annonces... *Timbres pour collections...* Des enveloppes de mille timbres pour dix francs... Des enveloppes de cinq cents timbres... Tout cela par la poste, contre remboursement...

— Il voyage beaucoup ?

— Il va de temps en temps à Paris, sans doute pour ses timbres, et il emporte toujours sa petite valise... Deux ou trois fois, il s'est arrêté ici, quand le train avait du retard... Il buvait un café crème ou un quart Vichy...

C'était trop facile. Ce n'était plus une enquête, mais une promenade, une promenade égayée par le plus guilleret des soleils et par un nombre toujours croissant de petits verres. Et pourtant les yeux de Maigret pétillaient comme s'il eût deviné qu'il y avait derrière cette affaire si banale un des plus extraordinaires mystères humains qu'il eût rencontrés au cours de sa carrière.

On lui avait donné l'adresse du pavillon des Auger. C'était assez loin, dans la plaine, le long de la Seine, où s'élevaient, entourés de petits jardins, des centaines, des milliers de pavillons, les uns en pierre, les autres en brique rose, les autres, enfin, recouverts de ciment bleu ou jaune.

On lui avait dit que le pavillon s'intitulait *Mon Repos.* Il fallut rouler longtemps dans des rues trop neuves, aux trottoirs à peine dessinés, où l'on venait seulement de planter des arbres anémiques, maigres comme des squelettes, et où des terrains vagues s'étendaient entre les maisons.

On se renseignait par-ci par-là. On leur donnait de fausses adresses. Enfin, ils touchèrent au but, un rideau bougea, à la fenêtre d'angle d'un pavillon rose recouvert d'un toit rouge sang.

Encore fallait-il trouver la sonnette.

— Je reste dehors patron ?

— C'est peut-être plus prudent... Cependant, je crois que cela va aller tout seul... *Du moment qu'il y a quelqu'un dans la maison...*

Il ne se trompait pas. Il trouva enfin un minuscule bouton électrique dans la porte trop neuve. Il sonna. Il entendit des bruits, des chuchotements. La porte s'ouvrit, et il eut devant lui, portant sans doute la même jupe et le même corsage que la veille, la jeune femme du *Café des Ministères* et de *L'Escargot*.

— Commissaire Maigret, de la Police Judiciaire, annonça-t-il.

— Je me doutais bien que c'était la police... Entrez...

On montait quelques marches. L'escalier avait l'air de sortir de l'atelier du menuisier, comme toutes les boiseries, et le plâtre des murs était bien juste sec.

— Donnez-vous la peine...

Elle se tourna vers une porte entrouverte et adressa un signe à quelqu'un que Maigret ne pouvait voir.

La pièce d'angle dans laquelle le commissaire avait été introduit était un *living-room,* avec un divan, des livres, des bibelots, des coussins de soie multicolore. Sur un guéridon, il y avait le journal de midi avec la photographie du mort.

— Asseyez-vous... Je ne sais pas si je peux vous offrir quelque chose ?

— Merci.

— J'aurai dû me douter que cela ne se fait pas... Mon mari va venir tout de suite... N'ayez pas peur... Il n'essaiera pas de s'enfuir et, d'ailleurs, il n'a rien à se reprocher... Seulement, il a été malade, ce matin... Nous sommes rentrés par le premier train... Il n'a pas le cœur très solide... Il a eu une crise, en arrivant... Il est en train de se raser et de s'habiller.

Et, en effet, on entendait des bruits d'eau dans la salle de bains, car les cloisons du pavillon étaient minces.

La jeune femme était presque calme. Elle était assez jolie, d'une joliesse sage de petite bourgeoise.

— C'est moi, vous devez vous en douter, qui ai tué mon beau-frère. Il était temps, car, si je ne l'avais pas fait, c'est mon mari qui serait mort, et Raymond vaut tout de même mieux que lui...

— Raymond, c'est votre mari ?

— Depuis huit ans... Nous n'avons rien à cacher, monsieur le commissaire... Nous aurions peut-être dû, hier au soir, aller tout raconter à la police... Raymond voulait le faire, mais, moi, sachant son cœur faible, j'ai préféré lui donner le temps de se remettre... Je savais bien que vous viendriez...

— Vous avez parlé tout à l'heure de votre beau-frère ?

— Combarieu était le mari de ma sœur Marthe... Je crois que c'était un brave garçon, un peu fou...

— Un instant... Vous permettez que je fume ?

— Je vous en prie... Mon mari ne fume pas à cause de son cœur, mais la fumée ne m'incommode pas...

— Vous êtes née où ?

— A Melun... Nous étions deux sœurs, deux jumelles... Marthe et moi... Mon prénom est Isabelle... Nous nous ressemblions tellement que, quand nous étions petites, nos parents — ils sont morts depuis — nous mettaient un ruban de couleur différente dans les cheveux pour nous reconnaître... Et, parfois, nous nous amusions à changer de ruban...

— Laquelle s'est mariée la première ?

— Nous nous sommes mariées le même jour... Combarieu était employé à la préfecture de Melun... Auger était courtier en assurances... Ils se connaissaient parce que, célibataires, ils mangeaient au même restaurant... Nous les avons rencontrés ensemble, ma sœur et moi... Mariées, nous avons vécu plusieurs années à Melun, dans la même rue...

— Combarieu travaillant toujours à la préfecture et votre mari travaillant dans les assurances ?

— Oui... Mais Auger commençait déjà à avoir l'idée du commerce des timbres... Il avait commencé une collection pour son plaisir... Il s'était rendu compte de ce que cela pouvait rapporter.

— Et Combarieu ?

— Il était ambitieux, impatient... Il avait toujours besoin d'argent... Il a fait la connaissance d'un homme qui revenait des colonies et qui lui a mis en tête l'idée d'y aller... Il a d'abord voulu que ma sœur l'accompagne, mais elle a refusé, à cause de ce qu'on lui avait dit du climat et de ses répercussions sur la santé des femmes...

— Il est parti seul ?

— Oui... Il est resté deux ans absent, et il est revenu avec de l'argent plein les poches... Il l'a dépensé plus vite qu'il ne l'avait gagné... Il avait déjà pris l'habitude de boire... Il prétendait que mon mari était une larve et non un homme, qu'un homme avait autre chose à faire dans la vie que placer des assurances et vendre des timbres-poste.

— Il est reparti ?

— Et il a moins bien réussi. Nous le sentions à ses lettres, quoiqu'il ait toujours eu l'habitude de se vanter... Ma sœur Marthe, il y a deux hivers, a attrapé une pneumonie dont elle est morte... Nous l'avons écrit à son mari... Il s'est mis, paraît-il, à boire davantage... Quant à nous, nous sommes venus pour nous installer ici, car il y avait longtemps que nous avions envie de faire bâtir et de nous rapprocher de Paris. Mon mari avait abandonné les assurances, et les timbres rapportaient bien...

Elle parlait lentement, calmement, en pesant ses mots, restant attentive aux bruits qui parvenaient de la salle de bains.

— Il y a cinq mois maintenant que mon beau-frère est revenu, sans crier gare, sans annoncer sa visite... Il a sonné chez nous un soir qu'il était ivre... Il m'a regardée d'une drôle de façon et les premiers mots qu'il a prononcés en ricanant, ç'a été :

» — Je m'en doutais !

» Je ne savais pas encore quelle idée il s'était mis en tête. Il paraissait moins brillant qu'à son premier retour... Sa santé était mauvaise... Il buvait beaucoup plus et, enfin, s'il avait encore des moyens, il ne devait plus être très riche...

» Il s'est mis à nous tenir des propos incohérents. Il regardait mon mari et lui lançait tout à coup des phrases comme :

» — Avoue que tu es le roi des salauds !

» Il est reparti... Nous ne savons pas où il est allé. Puis il a surgi à nouveau, et toujours ivre. Il m'a dit en me saluant :

» — Alors, ma petite Marthe...

» — Vous savez bien que je ne suis pas Marthe, mais Isabelle...

» Il ricanait de plus belle.

» — Nous verrons ça un jour, n'est-ce pas ? Quant à ton salaud de mari qui vend des timbres...

» Je ne sais pas si vous comprenez ce qui s'est passé... On ne peut pas dire qu'il était fou... Il buvait trop... Il avait une idée fixe, que nous avons mis longtemps à deviner... Nous ne comprenions rien, au début, à ses airs menaçants, aux insinuations qu'il faisait avec un sourire sardonique, ni enfin aux billets que mon mari commença à recevoir par la poste : « J'aurai ta peau. »

— En somme, intervint calmement Maigret, votre beau-frère Combarieu s'est mis dans la tête, pour une raison ou pour une autre, que ce n'était pas sa femme qui était morte, mais la femme d'Auger.

Et Maigret restait stupéfait. Deux sœurs jumelles, si semblables que leurs parents devaient les habiller différemment pour les reconnaître. Combarieu au loin, apprenant que sa femme était morte...

Et s'imaginant, à son retour, à tort ou à raison, qu'il y avait eu substitution, que c'était Isabelle qui était morte, que c'était sa femme à lui, Marthe, qui, en son absence, avait pris la place de sa sœur auprès d'Auger.

Son regard devenait plus lourd. Il tirait plus lentement sur sa pipe.

— Nous vivons, depuis des mois, une vie impossible... Les lettres de menaces se succèdent... Parfois Combarieu entre ici, à n'importe quelle heure, sort son revolver, le braque sur mon mari et ricane :

» — Non, pas encore, ce serait trop beau !

» Il s'est installé dans le pays pour nous harceler.

» Il est malin comme un singe... Même saoul, il sait fort bien ce qu'il fait...

— Il savait... corrigea Maigret.

— Je vous demande pardon... (Elle rougit légèrement...) Il savait, vous avez raison... Et je ne crois pas qu'il ait eu envie de se faire prendre... C'est pourquoi, ici, nous n'avions pas trop peur, parce que, s'il avait tué Auger à Juvisy, tout le monde l'aurait désigné du doigt comme l'assassin...

» Mon mari n'osait plus s'éloigner... Hier, il était absolument obligé de se rendre à Paris pour ses affaires. J'ai voulu l'accompagner, mais il a refusé... Il a pris le premier train, exprès, espérant que Combarieu serait encore à cuver son vin et qu'il ne s'apercevrait pas de son départ.

» Il s'est trompé, puisqu'il m'a téléphoné dans l'après-midi pour me demander de venir dans un café du boulevard Saint-Germain et de lui apporter un revolver.

» J'ai compris qu'il était à bout, qu'il voulait en finir... Je lui ai porté son browning... Il m'avait annoncé au téléphone qu'il ne quitterait pas le café avant la fermeture de l'établissement.

» J'ai acheté un second revolver, pour moi... Vous devez me comprendre, monsieur le commissaire.

— En somme, vous étiez décidée à tirer avant que votre mari soit abattu...

— Je vous jure que, quand j'ai pressé la gâchette, Combarieu était en train de lever son arme.

» C'est tout ce que j'ai à dire. Je répondrai aux questions que vous voudrez bien me poser...

— Comment se fait-il que votre sac à main soit encore marqué de la lettre M ?

— Parce que c'est un sac à main de ma sœur... Si Combarieu avait raison, s'il y avait eu la substitution dont il a tant parlé, je suppose que j'aurais pris soin de changer d'initiale...

— En somme, vous aimez assez un homme pour...

— J'aime mon mari...

— Je dis : vous aimez assez un homme, qu'il soit votre mari ou non...

— C'est mon mari...

— Vous aimez assez cet homme, c'est-à-dire Auger, pour vous être décidée à tuer pour le sauver ou pour l'empêcher de tuer lui-même...

Elle répondit simplement :

— *Oui.*

Et on entendit du bruit à la porte.

— Entre... dit-elle.

Maigret vit enfin celui dont on lui avait donné des signalements si divers, le client aux moustaches bleutées qui lui apparut, dans son cadre, et surtout après la déclaration d'amour que la jeune femme venait de faire, d'une banalité désespérante, d'une médiocrité absolue.

Il regardait, inquiet, autour de lui. Elle lui souriait. Elle lui disait :

— Assieds-toi... J'ai tout raconté au commissaire... *Ton cœur ?*

Il tâta vaguement sa poitrine et murmura :

— Ça va...

Les jurés de la Seine acquittèrent Mme Auger comme ayant agi en état de légitime défense.

Et, chaque fois que Maigret racontait l'histoire, il concluait par un ironique :

— *C'est tout ?*

— Cela veut-il dire que vous ayez une arrière-pensée ?

— Cela ne veut rien dire... Sinon qu'un homme banal au possible peut inspirer un grand amour, une passion héroïque... Même s'il est marchand de timbres-poste et s'il a le cœur faible...

— Mais Combarieu ?

— Quoi ?

— Etait-il fou quand il s'est imaginé que sa femme n'était pas la morte, mais celle qui se faisait passer pour Isabelle ?

Maigret haussait les épaules, répétait sur un ton de parodie :

— *Un grand amour !... Une grande passion !...*

Il lui arrivait, quand il était de bonne humeur et qu'il venait de boire un vieux calvados, réchauffé dans le creux de sa main, d'ajouter :

— Un grand amour !... Une grande passion !... Ce n'est pas toujours le mari qui l'inspire, n'est-ce pas ?... Et les sœurs, dans la plupart des familles, ont la fâcheuse manie de s'enflammer pour le même homme... Combarieu était bien loin...

Il achevait en tirant de grosses bouffées de sa pipe :

— Allez vous y retrouver avec des jumelles que leurs parents eux-mêmes ne reconnaissaient pas, des parents qu'on n'a pas pu interroger parce qu'ils étaient morts... N'empêche qu'il n'a jamais fait si beau que ce jour-là... Et je crois bien n'avoir jamais tant bu... Janvier, s'il était indiscret, vous dirait peut-être que nous nous sommes surpris à chanter en chœur, dans le taxi qui nous ramenait à Paris, et Mme Maigret s'est demandé pourquoi j'avais, en rentrant, un bouquet de violettes dans ma poche... Sacrée Marthe !... Pardon... Je veux dire : sacrée Isabelle !

Sainte-Marguerite-du-Lac-Masson (P.Q.), Canada,
2 mai 1946.

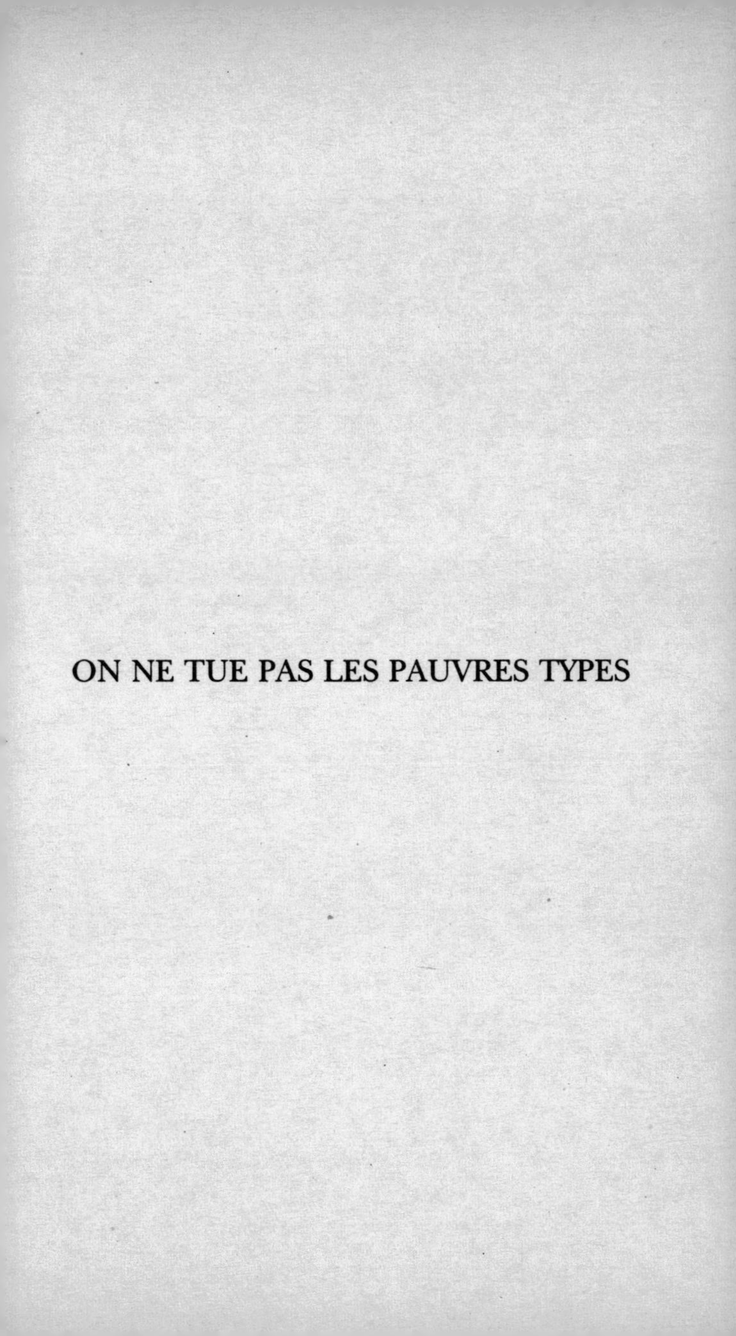

ON NE TUE PAS LES PAUVRES TYPES

CHAPITRE

1

L'assassinat de l'homme en chemise

On ne tue pas les pauvres types...

Dix fois, vingt fois en l'espace de deux heures cette phrase stupide revint à l'esprit de Maigret, comme la ritournelle d'une chanson qu'on a entendue on ne sait où et qui vous poursuit sans raison. Cela tournait à l'obsession, et il lui arrivait de murmurer la phrase à mi-voix ; il lui arriva aussi d'y apporter une variante :

— On n'assassine pas un homme en chemise...

Il faisait chaud dès neuf heures du matin. Le Paris d'août sentait les vacances. La P.J. était presque vide, toutes fenêtres ouvertes sur les quais, et Maigret était déjà en manche de chemise quand il avait reçu le coup de téléphone du juge Coméliau.

— Vous devriez faire un saut jusqu'à la rue des Dames. Il y a eu un crime, cette nuit. Le commissaire de police du quartier m'a raconté une longue histoire compliquée. Il est encore sur les lieux. Le Parquet ne pourra guère s'y rendre avant onze heures du matin.

C'est toujours comme ça que les tuiles vous tombent sur la tête. On s'apprêtait à passer une journée bien paisible à l'ombre, et puis, crac !

— Tu viens, Lucas ?

Et, comme toujours, la petite auto de la brigade criminelle n'était pas libre. Les deux hommes avaient pris le métro, qui sentait l'eau de Javel et où Maigret avait dû éteindre sa pipe.

Dans le bas de la rue des Dames, vers la rue des Batignolles, cela grouillait dans le soleil ; ça croulait de légumes, de fruits, de poissons sur les petites charrettes rangées le long des trottoirs et qu'assaillait la masse compacte des ménagères. Naturellement, avec une nuée de gamins qui en profitaient pour se livrer à leurs jeux les plus bruyants.

Une maison banale, six étages de logements pour bourses très moyennes avec, au rez-de-chaussée, la boutique d'une blanchisseuse et le débit d'un marchand de charbons. Un flic à la porte.

— Le commissaire de police vous attend là-haut, monsieur Maigret... C'est au troisième... Allons, circulez, vous autres... Il n'y a rien à voir... Laissez au moins le passage libre.

Plein de commères chez la concierge, comme toujours. Des portes qui s'ouvraient sans bruit à chaque étage, des visages curieux qui se profilaient dans l'entrebâillement.

Quel genre de crime pouvait avoir été commis dans une maison pareille, habitée par de petites gens, qui sont ordinairement de braves gens ? Un drame de l'amour et de la jalousie ? Même pour cela, le cadre n'y était pas.

Une porte large ouverte sur une cuisine, au troisième. Trois ou quatre enfants qui faisaient du bruit, des enfants déjà grands, de douze à seize ans, et une voix de femme dans une autre pièce :

— Gérard, si tu ne laisses pas ta sœur tranquille...

Une de ces voix à la fois criardes et lasses de certaines femmes qui passent leur vie à se débattre contre de menus tracas. C'était la femme de la victime. Une porte s'ouvrit, et Maigret se trouva en face d'elle et du commissaire de police du quartier, à qui il serra la main.

La femme le regarda et soupira avec l'air de dire : « Encore un !... »

— C'est le commissaire Maigret, expliquait le policier du quartier, qui va diriger l'enquête...

— Alors, il faut que je recommence à lui raconter ?

Une pièce qui était à la fois salle à manger et salon, avec une machine à coudre dans un coin et un appareil de T.S.F. dans un autre. La fenêtre ouverte laissait entrer les bruits de la rue. La porte de la cuisine était ouverte aussi, d'où venait le piaillement des enfants, mais la femme alla la refermer, et les voix se turent comme quand on coupe la radio.

— Ce sont des choses qui n'arrivent qu'à moi... soupira-t-elle. Asseyez-vous, messieurs...

— Racontez-moi aussi simplement que possible ce qui s'est passé...

— Comment voulez-vous que je fasse, puisque je n'ai rien vu ? C'est un peu comme s'il ne s'était rien passé... Il est rentré à six heures et demie comme les autres jours... Il a toujours été à l'heure... Il faut même que je bouscule les enfants, parce qu'il tient à se mettre à table dès qu'il arrive......

Elle parlait de son mari dont il y avait au mur un agrandissement photographique, qui faisait pendant à son propre portrait. Et ce n'était pas à cause du drame que la femme avait cet air navré. Déjà, sur le portrait, on lui voyait la mine à la fois accablée et résignée de quelqu'un qui porte sur les épaules tout le poids du monde.

Quant à l'homme, qui, sur la photographie, avait des moustaches et un faux col raide, il était l'image de la sérénité même ; il était si neutre, si banal qu'on aurait pu le rencontrer cent fois sans le remarquer.

— Il est rentré à six heures et demie et il a retiré son veston, qu'il a accroché dans la garde-robe, car il faut lui reconnaître qu'il a toujours été soigneux de ses effets... Nous avons dîné... J'ai envoyé les deux plus jeunes jouer dehors... Francine, qui travaille, est rentrée à huit heures, et je lui avais laissé son dîner sur le coin de la table...

Elle avait déjà dû raconter tout cela au commissaire

de police, mais on sentait qu'elle le répéterait, de la même voix lamentable, autant de fois qu'il le faudrait, avec ce regard anxieux de quelqu'un qui a peur d'oublier quelque chose.

Elle pouvait avoir quarante-cinq ans et sans doute avait-elle été jolie ; mais il y avait tant d'années qu'elle se battait du matin au soir avec les soucis du ménage !...

— Maurice s'est assis dans son coin, près de la fenêtre... Tenez, vous êtes justement assis dans son fauteuil... Il a lu un livre, en se levant de temps en temps pour tourner les boutons de la radio...

A la même heure, dans les maisons de la rue des Dames, il y avait sans doute une bonne centaine d'hommes dans le même cas, d'hommes qui avaient travaillé toute la journée dans un bureau ou dans un magasin et qui se détendaient, fenêtre ouverte, en lisant un livre ou le journal du soir.

— Il ne sortait jamais, voyez-vous. Jamais seul. Une fois par semaine, nous allions au cinéma tous ensemble... Le dimanche...

De temps en temps, elle perdait le fil, parce qu'elle écoutait les bruits amortis de la cuisine, qu'elle était inquiète, qu'elle se demandait si les enfants n'étaient pas en train de se battre ou si quelque chose ne brûlait pas sur le feu.

— Où en étais-je ? Ah ! oui... Francine, qui a dix-sept ans, est sortie et est rentrée vers dix heures et demie... Les autres étaient déjà au lit... Moi, je préparais ma soupe pour aujourd'hui, afin de faire de l'avance, parce que je devais aller ce matin chez la couturière... Mon Dieu ! et je ne l'ai même pas prévenue que je n'irai pas... Elle doit m'attendre.

Cela lui faisait un drame de plus...

— Nous nous sommes couchés... C'est-à-dire que nous sommes entrés dans la chambre et que je me suis mise au lit... Maurice prenait toujours plus de temps à se déshabiller... La fenêtre était ouverte... On n'avait pas fermé les persiennes, à cause de la chaleur... Il n'y avait personne en face pour nous regarder... C'est un hôtel... Les gens entrent et se couchent tout de suite... C'est rare qu'ils traînent à leur fenêtre...

Lucas se demandait si le patron n'était pas en train de s'endormir, tant il était lourd et calme. Mais, de temps en temps, on voyait un peu de fumée s'échapper de ses lèvres serrées autour du tuyau de la pipe.

— Qu'est-ce que vous voulez que je vous dise, moi ? Cela ne pouvait arriver qu'à moi... Il parlait... Je ne sais plus de quoi il parlait, tout en pliant son pantalon qu'il venait d'enlever. Il était en chemise... Il s'est assis au bord du lit... Il a retiré ses chaussettes, et il était en train de se frotter les pieds qu'il avait sensibles... J'ai entendu un bruit, dehors... Comme... comme quand une auto a des ratés... même pas... Cela a fait *pchouittt*... Oui, *pchouittt !*... Un peu comme un robinet qui a trop d'air... Je me suis demandé pourquoi Maurice cessait de parler au beau milieu d'une phrase. Il faut vous dire que je commençais à m'assoupir, car j'avais eu une journée fatigante... Il y a eu un silence, puis il a dit, doucement, d'une drôle de voix :

» — Merde...

» Cela m'a étonnée, parce qu'il n'employait pas souvent des gros mots... Ce n'était pas son genre... J'ai questionné :

» — Qu'est-ce que tu as ?

» Et c'est alors que j'ai ouvert les yeux, que j'avais tenus fermés jusque-là, et que je l'ai vu qui basculait en avant.

» — Maurice ! lui ai-je crié.

» Un homme qui ne s'est jamais évanoui de sa vie, vous comprenez ?... Il n'avait peut-être pas beaucoup de santé, mais il n'était jamais malade...

» Je me suis levée... Je lui parlais toujours... Il avait le visage sur la carpette... J'ai essayé de le redresser, et j'ai vu du sang sur sa chemise...

» J'ai appelé Francine, qui est l'aînée. Et savez-vous ce que Francine m'a dit, après avoir regardé son père ?

» — Qu'est-ce que tu as fait, maman ?

» Puis elle est descendue pour téléphoner... Elle a dû réveiller le marchand de charbons...

— Où est Francine ? questionna Maigret.

— Dans sa chambre... Elle s'habille... Parce que, de toute la nuit, nous n'avons même pas pensé à nous habiller... Vous voyez comme je suis... Le docteur est venu, puis des agents, puis monsieur...

— Voulez-vous nous laisser ?

Elle ne comprit pas tout de suite, répéta :

— Laisser quoi ?

Puis elle disparut dans la cuisine, où on l'entendit qui grondait les enfants d'une voix monotone.

— Un quart d'heure de plus et je devenais fou... soupira Maigret en allant respirer un grand coup à la fenêtre.

On n'aurait pas pu dire pourquoi, au juste. Il se dégageait de cette femme, qui était peut-être une fort brave femme, quelque chose de décourageant qui parvenait à rendre terne, quasi lugubre, jusqu'au soleil qui pénétrait par la fenêtre. La vie, autour d'elle, devenait tellement morne, tellement inutile et monotone qu'on se demandait si la rue était vraiment là, à portée de la main en quelque sorte, grouillante de vie, de lumière, de couleurs, de sons et d'odeurs.

— Pauvre type...

Pas parce qu'il était mort, mais parce qu'il avait vécu !

— Au fait, comment s'appelait-il ?

— Tremblet... Maurice Tremblet... Quarante-huit ans... A ce que sa femme m'a dit, il était caissier dans une maison du Sentier... Attendez ! j'ai noté l'adresse : Couvreur et Bellechasse, passementerie.

» Et dans la passementerie par-dessus le marché !

— Vous savez, expliquait le commissaire de police, j'ai d'abord cru que c'était elle qui l'avait tué... Je venais d'être arraché à mon premier sommeil... Dans le désordre qui régnait ici, avec les enfants qui parlaient tous à la fois et elle qui leur criait de se taire, puis qui me répétait cent fois la même chose — à peu près ce que vous avez entendu — je l'ai d'abord prise pour une folle ou pour une demi-folle... Surtout que mon brigadier avait commencé à la questionner « dans le nez »...

» — Je ne vous demande pas tout ça, lui disait-il. Je vous demande pourquoi vous l'avez tué !...

» Elle répondait :

» — Pourquoi, avec quoi est-ce que je l'aurais tué ?

» Il y avait des voisins dans l'escalier... C'est le docteur du quartier, qui va m'adresser son rapport, qui m'a affirmé que la balle avait été tirée de loin, sans doute d'une des fenêtres d'en face... Alors, j'ai envoyé mes hommes à l'*Hôtel Excelsior*...

Toujours la petite phrase qui revenait à l'esprit de Maigret :

— On ne tue pas les pauvres types...

A plus forte raison, un pauvre type en chemise, assis au bord du lit conjugal et en train de se frotter la plante des pieds.

— Vous avez découvert quelque chose, en face ?

Maigret examinait les fenêtres de l'hôtel, qui était plutôt une maison meublée. Une plaque de marmorite noire annonçait : « Chambres au mois, à la semaine et à la journée ; eau courante chaude et froide. »

C'était pauvre aussi. Mais, comme la maison, comme l'appartement, cela n'appartenait pas à cette classe de pauvreté qui s'harmonise avec le drame. C'était la pauvreté décente, la médiocrité propre et convenable.

— J'ai commencé par m'occuper du troisième étage où les agents ont trouvé les locataires dans leur lit. Ça rouspétait ferme, vous vous en doutez. Le patron était furieux et menaçait de se plaindre. Puis j'ai eu l'idée de monter au quatrième. Et là, j'ai trouvé vide, juste en face de la bonne fenêtre, si je puis dire, une chambre qui aurait dû être occupée ; la chambre d'un certain Jules Dartoin qui l'a louée voici une semaine. J'ai interrogé le gardien de nuit. Il s'est souvenu qu'il avait tiré le cordon pour quelqu'un qui était sorti un peu avant minuit, mais il ne savait pas qui...

Maigret se décidait enfin à ouvrir la porte de la chambre à coucher, où le corps de la victime se trouvait toujours, partie sur la carpette, partie sur le plancher, au pied du lit.

— Il paraît que le cœur a été atteint et que la mort a été presque instantanée... J'ai préféré attendre le médecin légiste pour l'extraction de la balle... Il paraît qu'il doit venir d'un moment à l'autre, avec ces messieurs du Parquet...

— Vers onze heures... dit Maigret distraitement.

Il était dix heures et quart. Les ménagères, dans la rue, continuaient à faire leur marché autour des petites charrettes, et une bonne odeur de fruits et de légumes montait dans l'air chaud.

« On ne tue pas les... »

— Vous avez fouillé les poches de ses vêtements ?

Sans doute, car ceux-ci étaient en tas sur la table, alors que Tremblet, d'après sa femme, les avait rangés soigneusement avant de se coucher.

— Tout est ici... Un porte-monnaie... Des cigarettes... Un briquet... Des clefs... Un portefeuille qui contient une centaine de francs et des photographies de ses enfants...

— Les voisins ?

— Mes hommes ont interrogé tout le monde dans la maison... Il y a vingt ans que les Tremblet occupent leur logement... Ils ont obtenu deux pièces de plus quand la famille s'est agrandie... Il n'y a rien à dire sur eux... Une vie réglée... Aucun imprévu... Quinze jours de vacances chaque année dans le Cantal, d'où Tremblet était originaire... Ils ne recevaient personne, sinon, de temps en temps, une sœur de Mme Tremblet, qui est née Lapointe et qui est du Cantal, elle aussi... Son mari sortait à heure fixe pour se rendre à son bureau, prenait le métro à la station Villiers... Il rentrait à midi et demi, repartait une heure plus tard pour rentrer définitivement à six heures et demie...

— C'est idiot...

C'était Maigret qui avait dit ça comme sans le savoir. Parce que c'était idiot. Parce qu'on n'a pas idée d'un crime comme celui-là...

Il y a cent raisons de tuer les gens, mais encore ces raisons-là sont-elles en quelque sorte cataloguées. Quand on a trente ans de police, on comprend tout de suite à quel genre de crime on a affaire.

On tue une vieille femme, une mercière, une débitante, pour dévaliser sa caisse ou pour chercher ses économies dans son matelas. On tue par jalousie, par...

— Il ne faisait pas de politique ?

Maigret alla chercher, dans la pièce voisine, le livre que l'homme avait lu la veille au soir. C'était un roman de cape et d'épée à couverture bariolée.

On n'avait rien volé. On n'avait rien tenté de voler. Et ce n'était pas non plus un crime fortuit. Il avait dû être minutieusement préparé, au contraire, puisqu'il avait fallu louer une chambre dans l'hôtel d'en face, se procurer une carabine — probablement une carabine à air comprimé.

Ce n'est pas n'importe qui, qui fait ça. Et on ne fait pas ça pour n'importe qui. Or Tremblet aurait pu s'appeler Monsieur N'Importe-Qui !

— Vous n'attendez pas le Parquet ?

— Je reviendrai sans doute quand ces messieurs seront encore ici. Ayez la gentillesse de rester pour les mettre au courant.

Et cela remuait bruyamment à côté ; on devinait que Mme Tremblet, née Lapointe, était aux prises avec ses enfants.

— Au fait, combien en a-t-elle ?

— Cinq... Trois garçons et deux filles... Un des fils, qui a eu une pleurésie cet hiver, est chez ses grands-parents à la campagne... Il a treize ans et demi...

— Tu viens, Lucas ?

Maigret n'avait pas envie de revoir tout de suite Mme Tremblet ni d'entendre son *« Ce sont des choses qui n'arrivent qu'à moi... »*

Il descendit pesamment l'escalier, où des portes s'ouvrirent derechef, derrière lesquelles on chuchotait. Il fallait entrer dans le débit du marchand de charbons pour boire un coup de blanc, mais c'était plein de curieux qui attendaient l'arrivée du Parquet, et il préféra gagner la rue des Batignolles où on ne savait rien du drame.

— Qu'est-ce que tu bois ?

— La même chose que vous, patron...

Maigret s'épongeait en se regardant machinalement dans la glace.

— Qu'est-ce que tu en penses, toi ?

— Que si j'avais eu une femme comme celle-là...

Lucas se tut.

— Occupe-toi du type de l'*Hôtel Excelsior*... Tu ne trouveras sans doute pas grand-chose, parce qu'un homme qui s'y est pris comme il s'y est pris... Hep ! Taxi...

Tant pis pour la note de frais ! Il faisait trop chaud pour s'enfourner dans le métro ou pour attendre un autobus au coin de la rue.

— Je te retrouverai rue des Dames... Sinon, au Quai, cet après-midi...

On ne tue pas les pauvres types, sacrebleu ! Ou alors on les tue en série, on organise une guerre ou une révolution. Et, s'il arrive que les pauvres types se tuent eux-mêmes, il leur est difficile de le faire avec une carabine à air comprimé au moment où ils sont occupés à se gratter les pieds.

Si encore Tremblet avait eu un nom à consonance étrangère au lieu d'être bêtement du Cantal ! On aurait pu croire qu'il appartenait à Dieu sait quelle société secrète de son pays.

Il n'avait pas une tête à être assassiné, voilà ! Si bien que c'était cela qui devenait angoissant. Le logement, la femme, les gosses, le mari en chemise et cette balle qui avait fait *pchouittt*...

Maigret, dans son taxi découvert, tirait sur sa pipe et haussait les épaules. Un instant, il pensa à Mme Maigret qui ne manquerait pas de soupirer :

— Pauvre femme !...

Parce que ce sont toujours les femmes que les femmes plaignent quand un homme est mort.

— Non, je ne connais pas le numéro... Rue du Sentier, oui... Couvreur et Bellechasse... Cela doit être important... Sans doute une maison fondée en 1800... et quelque chose...

Il enrageait. Il enrageait parce qu'il ne comprenait pas et qu'il avait horreur de ne pas comprendre. La rue du Sentier était encombrée. Le chauffeur s'arrêtait pour se renseigner et, au moment où il interpellait un passant, Maigret lisait les mots : Couvreur et Bellechasse, en belles lettres dorées sur une façade.

— Attendez-moi... Je n'en ai pas pour longtemps.

Il n'en savait rien, mais la chaleur le rendait paresseux. Surtout quand la plupart de ses collègues et de ses inspecteurs étaient en vacances. Surtout quand il s'était promis une bonne journée de flemme dans son bureau.

Premier étage à gauche. Une enfilade de pièces sombres qui faisaient penser à une sacristie.

— M. Couvreur, s'il vous plaît ?

— C'est personnel ?

— Tout ce qu'il y a de plus personnel.

— Je regrette, car M. Couvreur est mort il y a cinq ans.

— Et M. Bellechasse ?

— M. Bellechasse est en Normandie. Si vous voulez parler à M. Mauvre...

— Qui est-ce ?

— Le fondé de pouvoirs... Il est à la banque en ce moment, mais il ne tardera pas à rentrer...

— M. Tremblet n'est pas ici ?

Une idée en l'air.

— Pardon. Quel nom avez-vous dit ?
— M. Tremblet... Maurice Tremblet...
— Je ne connais pas...
— Votre caissier...
— Notre caissier s'appelle Magine, Gaston Magine...
Maigret, ce jour-là, avait décidément la manie des phrases toutes faites, car celle qui lui vint à la pensée fut :
« C'est plus fort que de jouer au bouchon ! »
— Vous attendez M. Mauvre ?
— Je l'attends, oui.
Dans une fade odeur de passementerie et de cartonnages. Heureusement que ce ne fut pas trop long. M. Mauvre était un homme de soixante ans, strictement vêtu de noir des pieds à la tête.
— C'est vous qui désirez me parler ?
— Commissaire Maigret, de la Police Judiciaire.
S'il avait compté épater M. Mauvre, il se trompait.
— Qu'est-ce qui me vaut l'honneur ?...
— Vous avez ici un caissier qui s'appelle Tremblet, je suppose ?
— Nous avions... Il y a bien longtemps... Attendez... C'était l'année ou notre succursale de Cambrai a été modernisée... Sept ans... Oui.. Un peu moins, car il nous a quittés au milieu du printemps.
Et, rajustant son lorgnon :
— Il y a sept ans que M. Tremblet n'est plus à notre service.
— Vous ne l'avez jamais revu ?
— Personnellement, non.
— Vous avez eu à vous plaindre de lui ?
— Nullement. Je l'ai fort bien connu, car il est entré dans la maison quelques années seulement après moi... C'était un employé consciencieux, ponctuel. Il nous a remis sa démission le plus régulièrement du monde, pour raison de famille, je pense... Oui, il nous a annoncé qu'il allait se fixer dans son pays, l'Auvergne ou le Cantal, je ne sais plus...

— Vous n'avez jamais découvert d'irrégularités dans ses comptes ?

M. Mauvre eut un haut-le-corps, comme si on l'eût personnellement accusé.

— Non, monsieur. *Ces choses-là ne se passent pas chez nous.*

— Vous n'avez jamais entendu dire que M. Tremblet avait une liaison, un vice quelconque ?

— Non, monsieur. Jamais. Et je suis sûr qu'il n'en avait pas.

Tout sec. Si Maigret ne comprenait pas qu'il allait trop loin, tout commissaire de la Police Judiciaire qu'il était...

Il continuait néanmoins :

— C'est curieux parce que, depuis sept ans et jusqu'à hier, M. Tremblet quittait chaque jour son domicile pour se rendre à ce bureau et que, chaque mois, il remettait sa paie à sa femme...

— Je vous demande pardon, mais c'est impossible !

On lui laissait entendre que la porte était derrière lui.

— En somme, c'était un employé modèle ?

— Un excellent employé.

— Et rien, dans son comportement...

— Non, monsieur, rien. Vous m'excuserez, mais deux gros clients de province m'attendent et...

Ouf ! c'était presque aussi étouffant que le logement de la rue des Dames. Cela faisait plaisir de retrouver la rue, le taxi, le chauffeur qui avait eu le temps d'aller prendre un blanc vichy au plus proche bistrot et qui s'essuyait les moustaches.

— Où allons-nous, maintenant, monsieur Maigret ?...

Car tous les chauffeurs le connaissaient, et cela aussi faisait quand même plaisir.

— Rue des Dames, mon vieux...

Ainsi, pendant sept ans, le dénommé Maurice Tremblet était parti de chez lui à heure fixe pour se rendre à son bureau, pendant sept ans il...

— Tu m'arrêteras quelque part en chemin pour boire un coup sur le zinc.

Avant d'affronter Mme Tremblet et tous ces messieurs du Parquet qui devaient s'entrechoquer dans le logement de la rue des Dames.

« On ne tue pas les... »

Seulement, voilà, est-ce que c'était vraiment un si pauvre type que ça ?

CHAPITRE

2

L'assassin au foie malade et l'amateur de canaris

QU'EST-CE QUE TU AS, MAIgret ? Tu ne dors pas !

Il devait être deux heures et demie du matin et, malgré les deux fenêtres larges ouvertes, sur le boulevard Richard-Lenoir, Maigret, en nage, passait son temps à se retourner dans le lit conjugal. Il avait failli s'endormir. Mais, à peine le souffle de sa femme, à côté de lui, devenait-il régulier qu'il se mettait à penser sans le vouloir et, bien entendu, à penser à son pauvre type, comme il l'appelait en lui-même.

C'était vague. C'était flou. Cela tenait un peu du cauchemar. Il en revenait toujours au même point de départ. Rue des Dames. Huit heures et demie du matin. Maurice Tremblet, qui achevait de s'habiller dans l'appartement où la triste Mme Tremblet — il savait maintenant qu'elle s'appelait Juliette, un prénom qui lui allait aussi mal que possible — dans l'appartement où Juliette, donc, les cheveux sur des bigoudis, le regard navré, s'y prenait de telle manière pour faire taire les enfants qu'elle déclenchait au contraire des vacarmes.

« Il avait horreur du bruit, monsieur le commissaire. »

Pourquoi, de tout ce qu'on lui avait raconté, étaitce ce détail-là qui avait le plus frappé Maigret et qui lui revenait dans son demi-sommeil ? Avoir horreur du bruit et habiter rue des Dames, une rue étroite, à la fois populeuse et commerçante, avec cinq enfants toujours à se chicaner et une Juliette incapable de leur imposer le calme...

— *Il s'habille, bon... Il se rase une fois tous les deux jours (témoignage de Juliette)... Il boit son café au lait et mange deux croissants... Il descend et se dirige vers le boulevard des Batignolles pour prendre son métro à la station Villiers...*

Maigret avait passé la plus grande partie de l'après-midi dans son bureau, à s'occuper d'affaires en cours. Pendant ce temps-là, les journaux du soir publiaient en première page, sur la demande de la police, différentes photographies de Maurice Tremblet.

Quant au brigadier Lucas, il se rendait à l'*Hôtel Excelsior* avec un tas de photographies : celles de tous les repris de justice et de tous les mauvais garçons dont l'apparence correspondait peu ou prou au signalement du soi-disant Jules Dartoin, autrement dit de l'assassin.

Le patron de l'hôtel, un Auvergnat, les examinait toutes en hochant la tête.

— Ce n'est pas que je l'aie beaucoup vu, mais ce n'était pas un *type comme ça*...

Il fallait de la patience à Lucas pour comprendre ce qu'il voulait dire : le locataire à la carabine n'était pas un dur ; ce n'était pas un homme dont on se méfie.

— Tenez, quand il s'est présenté pour louer la chambre à la semaine, j'aurais plutôt pensé que c'était un gardien de nuit.

» Un homme assez terne, entre deux âges. On l'avait d'autant moins vu qu'il ne rentrait dans sa chambre que pour dormir et qu'il partait le matin de très bonne heure.

— Avait-il des bagages ?

— Une petite mallette, comme celle que les joueurs de football emportent pour mettre leur équipement.

Et des moustaches.

Le patron disait rousses. Le gardien de nuit disait grises. Il est vrai qu'ils ne les voyaient pas dans la même lumière.

— Il était plutôt râpé. Pas sale, mais râpé. Je lui ai fait payer la semaine d'avance. Il a tiré des billets de banque d'un très vieux portefeuille où il n'y en avait pas beaucoup...

Témoignage de la fille d'étage.

— Je n'ai jamais eu l'occasion de le rencontrer, car je ne faisais sa chambre qu'au milieu de la matinée, après le 42 et le 43, mais je peux vous dire que *cela sentait le célibataire.*

Cette chambre, Lucas l'avait fouillée avec un soin minutieux, secteur par secteur. Sur l'oreiller, il avait trouvé deux cheveux et un poil de moustache. Dans la toilette d'émail, une savonnette à l'eau de Cologne presque usée et, sur la tablette, un vieux peigne, dont plusieurs dents manquaient.

C'était tout. Ce n'était pas riche comme butin. Et pourtant le laboratoire en avait tiré des conclusions. L'homme, selon les experts qui avaient travaillé sur les cheveux et sur le peigne pendant plusieurs heures, était âgé de quarante-six ans à quarante-huit ans. Il était roux, mais grisonnant. Il avait un commencement de calvitie, un tempérament lymphatique, et son foie fonctionnait mal.

Mais ce n'était pas à tout cela que Maigret avait pensé dans son lit. Il pensait à l'assassiné.

— *Il s'habille, il mange, il met son chapeau et il sort... Il se dirige vers le métro du boulevard des Batignolles...*

Pas pour se rendre à son bureau de la rue du Sentier, bien entendu, chez MM. Couvreur et Bellechasse, où il n'avait plus mis les pieds depuis sept ans, mais pour aller Dieu sait où.

Pourquoi Maigret pensa-t-il qu'au temps où Tremblet était encore caissier rue du Sentier le métro était bien pratique pour lui ? La ligne Porte de Champerret-Porte des Lilas est directe. Tremblet n'avait qu'à descendre à la station Sentier.

Et voilà qu'il se souvenait que Francine, sa fille, qu'il avait à peine entrevue, travaillait depuis près d'un an dans un *Prisunic* de la rue Réaumur. La rue Réaumur se trouve à côté de la rue du Sentier. Sur la même ligne de métro.

— Tu ne dors pas ? questionnait Mme Maigret.

Et lui :

— Tu vas peut-être pouvoir me donner un renseignement. Je suppose que tous les *Prisunic* appartiennent à une même compagnie et suivent les mêmes règles. Tu es déjà allée à celui de la République...

— Où veux-tu en venir ?

— Sais-tu à quelle heure ces magasins-là ouvrent leurs portes ?

— A neuf heures...

— Tu es sûre ?

Et cela parut lui faire tellement de plaisir qu'il chantonna avant de s'endormir enfin.

— Sa mère n'a rien dit ?

Maigret était dans son bureau, à neuf heures et quart du matin, en compagnie de Lucas qui rentrait et qui avait encore son chapeau de paille sur la tête.

— Je lui ai expliqué que vous aviez quelques renseignements à demander et que, comme vous ne vouliez pas la troubler dans sa douleur, vous préfériez déranger sa fille.

— Et la demoiselle ?

— Nous sommes venus en autobus, comme vous me l'aviez dit. Je crois qu'elle est un peu nerveuse. Elle a essayé de savoir ce que vous lui vouliez.

— Fais-la entrer.

— Il y a un vieux monsieur qui demande à vous voir.

— Après... Qu'il attende... Qu'est-ce que c'est ?

— Un commerçant du quai du Louvre... Il tient à vous faire sa communication en personne...

L'air était aussi chaud que la veille, avec une légère

buée, comme une vapeur brillante, au-dessus de la Seine où passaient les trains de bateaux.

Francine entra, vêtue d'un tailleur correct, bleu marine, sous lequel elle portait un chemisier de toile blanche. Très nette, en somme, très jeune fille, avec des cheveux blonds frisés qu'un drôle de petit chapeau rouge mettait en valeur, une poitrine rebondie et haut placée. Elle n'avait évidemment pas eu le temps, depuis la veille, de s'acheter des vêtements de deuil.

— Asseyez-vous mademoiselle... Et, si vous avez trop chaud, je vous permets bien volontiers de retirer votre jaquette.

Car elle avait déjà des perles humides sur la lèvre supérieure.

— Votre maman m'a dit hier que vous travailliez comme vendeuse au *Prisunic* de la rue Réaumur... Si je me souviens bien, c'est tout de suite avant le boulevard Sébastopol, à gauche, n'est-ce pas ?

— Oui, monsieur...

Sa lèvre frémissait, et Maigret eut l'impression qu'elle hésitait à lui confier quelque chose.

— Comme le magasin ouvre à neuf heures, comme il est situé à deux pas de la rue du Sentier où votre père était censé se rendre chaque matin, je suppose qu'il vous arrivait de faire route ensemble.

— Quelquefois...

— Vous en êtes sûre ?

— Cela arrivait...

— Et vous le quittiez près de son bureau ?

— Pas loin... Au coin de la rue...

— De sorte que vous n'avez jamais eu de soupçons ?

Il fumait sa pipe à petites bouffées, l'air bonhomme, en observant ce visage juvénile que brouillait l'inquiétude.

— Je suis persuadé qu'une jeune personne comme vous ne se permettrait pas de mentir à la police... Vous vous rendez compte que ce serait grave, surtout au moment où nous faisons tous nos efforts pour mettre la main sur le meurtrier de votre père.

— Oui, monsieur.

De son sac, elle avait tiré un mouchoir et elle se tamponnait les yeux, reniflait, prête à pleurer pour de bon.

— Vous avez de jolies boucles d'oreilles.

— Oh ! monsieur...

— Mais si. Elles sont fort jolies. Vous permettez ? Cela pourrait me donner à penser que vous avez déjà un amoureux.

— Oh ! non, monsieur.

— C'est de l'or et les deux grenats sont véritables.

— Non, monsieur... Maman le croyait aussi, mais...

— Mais ?

— ... je lui ai dit que non...

— Parce que c'est vous qui avez acheté ces boucles d'oreilles ?

— Oui, monsieur.

— Vous ne rendiez donc pas votre salaire à vos parents ?

— Si, monsieur. Mais il était convenu que je gardais pour moi la paie des heures supplémentaires.

— C'est vous aussi qui avez acheté votre sac à main ?

— Oui, monsieur.

— Dites-moi, mon petit...

Elle leva la tête, intriguée, et Maigret se mit à rire.

— Vous avez fini ?

— Quoi, monsieur ?

— De vous payer ma tête.

— Je vous jure...

— Un instant, voulez-vous ?... Allô !... Le standard ?... Passez-moi le *Prisunic* de la rue Réaumur... Oui...

— Ecoutez, monsieur...

Il lui fit signe de se taire et elle fondit en larmes.

— Allô... *Prisunic* ?... Voulez-vous me mettre en

communication avec le gérant ?... C'est lui-même ?... Ici, Police Judiciaire... Un renseignement, s'il vous plaît... C'est au sujet d'une de vos vendeuses, Mlle Francine Tremblet... Oui... Comment ?... Depuis trois mois ?... Je vous remercie... Je passerai peut-être vous voir dans la journée...

Et, se tournant vers la jeune fille :

— Et voilà, mademoiselle !

— Je vous l'aurais avoué quand même...

— Quand ?

— J'attendais d'en avoir le courage...

— Comment est-ce arrivé ?

— Vous ne le direz pas à ma mère ?... C'est à cause d'elle que je n'ai pas parlé tout de suite... Ça va encore être des crises de larmes, des lamentations... Si vous connaissiez maman !... Il m'arrivait, comme je vous l'ai dit, de faire la route en métro avec papa... D'abord, il ne voulait pas que je travaille, ni surtout que j'accepte cette place... Vous comprenez ?... Mais maman a répliqué que nous n'étions pas riches, qu'elle avait déjà assez de mal à nouer les deux bouts, que c'était une chance inespérée... C'est elle qui m'a présentée au gérant... Alors, un matin, il y a environ trois mois, après que j'eus quitté mon père au coin de la rue du Sentier, je me suis aperçue que j'étais partie sans argent... Ma mère m'avait chargée de plusieurs courses dans le quartier... J'ai couru après papa. J'ai vu qu'il ne s'arrêtait pas chez Couvreur et Bellechasse, mais qu'il continuait son chemin dans la foule...

» Je me suis dit qu'il devait peut-être acheter des cigarettes ou autre chose... J'étais pressée... Je suis allée au magasin... Puis j'ai eu un moment de libre pendant la journée, et j'ai voulu me rendre au bureau de papa... C'est là qu'on m'a répondu qu'il n'y travaillait plus depuis longtemps.

— Vous lui avez parlé le soir même ?

— Non... Le lendemain, je l'ai suivi... Il s'est dirigé vers les quais et, à un moment donné, il s'est retourné et il m'a vue... Alors, il a dit :

» — Tant mieux !...

— Pourquoi *Tant mieux* ?

— Parce qu'il n'aimait pas que je travaille dans un magasin. Il m'a expliqué que depuis longtemps il avait envie de m'en retirer... Il m'a raconté qu'il avait changé de place, qu'il en avait une bien meilleure, où il n'avait pas besoin d'être enfermé toute la journée. C'est ce jour-là qu'il m'a poussée dans un magasin et qu'il m'a offert ces boucles d'oreilles.

» — Si ta mère te demande où tu les as eues, dis-lui que c'est du faux...

— Et depuis lors ?

— Je ne travaillais plus, mais je ne le disais pas à maman. Papa me donnait l'argent de mon traitement. De temps en temps, nous prenions rendez-vous en ville, et nous allions ensemble au cinéma, ou bien au Jardin des Plantes.

— Vous ne savez pas ce que votre père faisait de toutes ses journées ?

— Non... Mais je comprenais bien pourquoi il ne disait rien à maman... S'il lui avait remis plus d'argent, cela n'aurait rien changé... Il y aurait toujours eu autant de désordre dans la maison... C'est difficile à expliquer à quelqu'un qui n'a pas vécu chez nous... Maman est une brave femme, mais...

— Je vous remercie, mademoiselle.

— Vous allez en parler ?

— Je ne sais pas encore... Dites-moi, vous n'avez jamais rencontré votre père en compagnie de quelqu'un ?

— Non.

— Il ne vous a jamais donné une adresse quelconque ?

— Tous nos rendez-vous étaient sur les bords de la Seine, près du Pont-Neuf ou du Pont des Arts...

— Dernière question : quand vous le rencontriez de la sorte, était-il toujours habillé comme vous aviez l'habitude de le voir, c'est-à-dire avec les vêtements qu'il portait rue des Dames ?

— Une fois, une seule, il y a deux semaines, il avait un costume gris que je ne lui connaissais pas et qu'il n'a jamais mis chez nous.

— Je vous remercie... Bien entendu, vous n'avez parlé de tout ceci à personne ?

— A personne.

— Pas de petit ami dans le circuit ?

— Je le jure.

Il était de bonne humeur, sans raison, car le problème se compliquait au lieu de se simplifier. Peut-être était-il content de voir que son intuition de la nuit ne l'avait pas trompé ? Peut-être aussi commençait-il à se passionner pour ce pauvre type de Tremblet qui avait passé des années de sa vie à faire des cachotteries et à berner la lugubre Juliette ?

— Fais entrer le monsieur, Lucas...

— Théodore Jussiaume, marchand d'oiseaux, quai du Louvre, à Paris. C'est à cause de la photographie...

— C'est à cause de la photographie...

— Vous avez reconnu la victime ?

— Je crois bien, monsieur ! C'était un de mes meilleurs clients...

Et voilà que se dévoilait une nouvelle face de Maurice Tremblet. Une fois par semaine, au moins, il passait un bon moment dans le magasin plein de chants d'oiseaux de Théodore Jussiaume. Il se passionnait pour les canaris. Il en achetait beaucoup.

— Je lui ai vendu au moins trois volières de grand modèle.

— Que vous avez livrées à domicile ?

— Non, monsieur. Il les emportait lui-même en taxi...

— Vous ne connaissez pas son adresse ?

— Pas même son nom. Un jour, comme ça, il m'a dit qu'il s'appelait M. Charles, et ma femme et moi, de même que les commis, l'avons toujours appelé comme cela. C'était un connaisseur, un vrai. Je me suis souvent demandé pourquoi il ne faisait pas chanter ses canaris dans les concours, car il en possédait qui auraient gagné des prix et sans doute les premiers prix.

— Il vous paraissait riche ?

— Non, monsieur... A son aise... Il n'était pas radin, mais il comptait.

— En somme, un brave homme ?

— Un excellent homme et un client comme je n'en ai pas beaucoup.

— Il n'est jamais venu chez vous en compagnie d'autres personnes ?

— Jamais...

— Je vous remercie, monsieur Jussiaume.

Mais M. Jussiaume ne partait pas encore.

— Il y a une chose qui m'intrigue et qui m'inquiète un peu... Pour autant que les journaux disent la vérité, il n'y avait pas d'oiseaux dans l'appartement de la rue des Dames... Si tous les canaris qu'il m'a achetés s'y trouvaient on en aurait sûrement fait mention, vous comprenez ? Parce qu'il devait en avoir dans les deux cents et que ce n'est pas tous les jours que...

— Autrement dit, vous vous demandez si ces oiseaux...

— Ne sont pas quelque part sans personne pour les soigner, maintenant que M. Charles est mort...

— Eh bien ! monsieur Jussiaume, je vous promets que, si nous retrouvons les canaris, nous vous ferons signe, afin que vous puissiez leur donner les soins appropriés, pour autant qu'il en soit encore temps.

— Je vous remercie... C'est surtout ma femme qui se tourmente.

— Bien le bonjour, monsieur Jussiaume.

Et, la porte refermée :

— Qu'est-ce que tu en penses, mon vieux Lucas ? Tu as les rapports ?

— On vient de les descendre.

Rapport du médecin légiste, d'abord. Le Dr Paul, dans ses conclusions, laissait entendre que Maurice Tremblet, en somme, était mort par malchance.

Quarante lignes de considérations techniques dans lesquelles le commissaire ne comprenait rien.

— Allô ! le Dr Paul ?... Voulez-vous avoir la gentillesse de m'expliquer ce que vous avez voulu dire ?

Que la balle n'aurait pas dû pénétrer dans la cage thoracique de Maurice Tremblet, qu'elle avait assez peu de force et que si, par miracle, elle n'avait pas touché un endroit sensible, entre deux côtes, elle n'aurait jamais atteint le cœur, produisant seulement une blessure sans gravité sérieuse.

— Un malchanceux, quoi ! concluait le docteur à la barbe soyeuse. Il a fallu un certain angle de tir... Et qu'il soit justement dans telle position...

— Vous croyez que l'assassin savait tout cela et qu'il a tiré en conséquence ?

— Je crois que l'assassin est un imbécile... Un imbécile qui ne tire pas trop mal, puisqu'il a atteint notre homme, mais qui aurait été incapable de viser de façon que la balle atteigne sûrement le cœur... A mon avis, il n'a qu'une connaissance assez imprécise des armes à feu.

Or ce rapport était confirmé par celui de l'expert-armurier Gastinne-Renette. La balle, selon celui-ci, une balle en plomb de calibre douze millimètres, avait été tirée à l'aide d'un fusil à air comprimé, dans le genre de ceux dont on se sert dans les foires.

Détail curieux : l'assassin avait soigneusement limé le bout de la balle afin de la rendre plus pointue.

A une question de Maigret, l'expert répondait :

— Mais non ! En agissant de la sorte, il ne la rendait nullement plus meurtrière, au contraire ! Car une balle arrondie fait plus de dégâts dans les chairs qu'une balle pointue. L'homme qui a agi ainsi se croyait sans doute malin, mais n'y connaissait rien en armes à feu.

— En somme, un amateur ?

— Un amateur qui a lu quelque part, peut-être dans un roman policier, des choses qu'il a comprises de travers.

Voilà où on en était, à onze heures du matin, le lendemain de la mort de Maurice Tremblet.

Rue des Dames, Juliette se débattait avec tous ses soucis quotidiens, aggravés de ceux qu'apporte la mort du chef de famille, surtout quand celle-ci se complique d'un assassinat. Les journalistes, par surcroît, l'assaillaient du matin au soir, et il y avait des photographes embusqués dans l'escalier.

— Qu'est-ce qu'il voulait savoir, le commissaire ?

— Rien, maman.

— Tu ne me dis pas la vérité... Personne ne me dit jamais la vérité. Même ton père qui me mentait, qui m'a menti pendant des années.

Ses larmes coulaient ; elle reniflait tout en parlant, en faisant son ménage, en bousculant les enfants, qu'il fallait habiller de noir des pieds à la tête pour le lendemain, jour des obsèques.

Quelque part, deux cents canaris attendaient qu'on vînt leur donner leur pâture quotidienne.

Et Maigret soupirait à l'adresse de Lucas :

— Il n'y a qu'à attendre.

Que la publication des photographies produise son effet, que des gens reconnaissent Maurice Tremblet ou M. Charles.

Pendant sept ans, celui-ci avait bien dû se montrer quelque part ! S'il changeait de costume en dehors de chez lui, s'il achetait des oiseaux et des volières de grande dimension, il possédait un abri quelque part, une chambre, un appartement, une maison ? Il avait sans doute un propriétaire, une concierge, une femme de ménage ? Peut-être des amis ? Peut-être même une liaison ?

C'était un peu loufoque, et pourtant Maigret ne suivait pas cette affaire-là sans une certaine émotion qu'il n'aurait pas aimé s'avouer.

« On ne tue pas les pauvres types. »

Et voilà qu'il s'attachait à celui-ci, si terne au début, à cet homme qu'il n'avait jamais vu, qu'il ne connaissait ni d'Eve ni d'Adam et qui était mort si bêtement au bord de son lit, près de la triste Juliette, une balle qui n'aurait même pas dû le tuer.

Un fusil de foire !... Comme pour tirer les pipes ou la petite boule qui danse au bout du jet d'eau.

Et le meurtrier avait tout l'air, lui aussi, d'un pauvre type qui limait patiemment la balle de plomb en croyant la rendre plus meurtrière et qui ne laissait traîner derrière lui, dans sa chambre de l'*Hôtel Excelsior*, qu'un peigne sale auquel il manquait des dents.

L'assassin avait une maladie de foie. C'était à peu près tout ce qu'on savait de lui.

Lucas était reparti en chasse. Du travail banal et sans gloire. Tous les armuriers de Paris à visiter. Puis les propriétaires de tirs forains, car l'homme avait pu acheter son fusil à l'un de ceux-ci. L'inspecteur Janvier, lui, interrogeait les commerçants du quai de la Mégisserie et du quai du Louvre, les bistrots des environs du Pont-Neuf et du Pont des Arts, où Tremblet donnait ses rendez-vous à sa fille et où il lui était peut-être arrivé d'avoir envie de boire un coup.

Enfin, Torrence, le gros Torrence, s'occupait des chauffeurs de taxis, car ce n'est pas tous les jours que les clients transportent des volières grand format.

Maigret, lui, était tout bonnement assis à la terrasse de la *Brasserie Dauphine*, à l'ombre du vélum rayé de rouge et de jaune, devant un demi bien tiré. Il fumait béatement sa pipe en attendant l'heure d'aller déjeuner et, de temps en temps, son front se plissait l'espace d'une seconde.

Il y avait quelque chose qui le tracassait, mais il ne parvenait pas à savoir quoi. Qu'est-ce qu'on lui avait dit, le matin ou la veille, qui l'avait frappé, qui devait avoir de l'importance et qu'il avait oublié ?

Une petite phrase de rien du tout. Et pourtant il l'avait enregistrée, il en était sûr. Il avait même pensé qu'elle contenait peut-être la clef du mystère.

Voyons... Etait-ce pendant l'interrogatoire de la jeune fille aux seins haut placés et au chapeau rouge ?... Il repassait en revue tout ce qu'elle lui avait dit... Il évoquait la scène de la rue du Sentier, quand elle avait couru après son père qui n'allait pas à son bureau...

Les boucles d'oreilles ?... Non... il arrivait au père et à la fille d'aller au cinéma en cachette... En somme, Francine était la préférée de Tremblet. Il devait être tout fier de sortir avec elle, de lui acheter en fraude des choses assez coûteuses...

Mais ce n'était pas cela... La petite phrase, c'était ailleurs qu'elle se situait... Voyons... Il était dans un rayon de soleil oblique, et il y avait cette fine poussière dorée qui traîne longtemps dans une chambre où on vient de faire des lits.

C'était rue des Dames... La porte était ouverte sur la cuisine... C'était Juliette qui parlait... Qu'est-ce qu'elle avait pu lui dire qui lui avait donné un instant l'impression qu'il était sur le point de tout comprendre ?

— Joseph ! qu'est-ce que je vous dois ?

— Quatre francs, monsieur le commissaire.

Tout le long du chemin, il essaya de retrouver la petite phrase. Il la chercha encore pendant qu'il mangeait, les coudes sur la table, en manche de chemise, et Mme Maigret, qui le voyait préoccupé, finit par se taire.

Elle ne put pourtant s'empêcher de murmurer, en servant les fruits :

— Tu ne trouves pas ça révoltant, toi, un homme qui...

Evidemment ! Mais Mme Maigret ne connaissait pas Juliette. Elle ne connaissait pas le logement de la rue des Dames.

Il avait presque la petite phrase sur le bout de la langue. Donc, c'était sa femme qui venait, sans le vouloir, de l'aider.

— Tu ne trouves pas révoltant, toi...

Un tout petit effort. Il n'aurait fallu qu'un tout petit

effort, mais l'éclair ne se produisit pas, et il jeta sa serviette sur la table, bourra sa pipe, se servit un verre de calvados et s'accouda à la fenêtre en attendant l'heure de regagner le Quai des Orfèvres.

CHAPITRE

3

La piste du pêcheur à la ligne

A SIX HEURES DU SOIR, LE même jour, Maigret et Lucas descendaient de taxi, quai de la Gare, au-delà du pont d'Austerlitz, en compagnie d'un petit homme hirsute, qui boitait et qui avait l'air d'un clochard.

Et c'est alors, tout à coup, que Maigret eut une illumination, que la petite phrase qu'il avait tant cherchée lui revint à la mémoire :

« Il avait horreur du bruit... »

Tremblet, le pauvre type qu'on avait tué, en chemise, alors qu'il se grattait les pieds au bord de son lit, Tremblet qui habitait rue des Dames et qui avait cinq enfants plus espiègles les uns que les autres et une femme qui passait ses journées à se lamenter, *Tremblet avait horreur du bruit.*

Il existe des gens qui ont horreur de certaines odeurs, d'autres qui craignent le froid ou la chaleur. Maigret se souvenait d'un procès en divorce où le mari, après vingt-six ou vingt-sept ans de vie conjugale, invoquait pour réclamer la séparation :

— Je n'ai jamais pu m'habituer à l'odeur de ma femme.

Tremblet avait horreur du bruit. Et Tremblet, quand il avait pu, à la suite de circonstances encore mystérieuses, quitter les bureaux de MM. Couvreur et

Bellechasse — dans la *bruyante rue du Sentier* — s'était réfugié sur ce quai, l'un des plus déserts de Paris.

Un quai large, au bord duquel plusieurs rangs de péniches reposaient paresseusement. Un quai qui sentait encore la province, le long de la Seine, avec des maisons à un seul étage, entre quelques immeubles de rapport, des bistrots où il semblait que n'entrait jamais personne et des cours où l'on était tout étonné de voir des poules picorer le fumier.

C'était le père La Cerise, le boiteux haillonneux, qui avait découvert ça, le père La Cerise qui, comme il le déclarait avec emphase, avait son domicile sous le pont le plus proche, et qui était arrivé le premier à la P.J.

Le temps qu'il attendait, il en était venu trois autres, de calibres différents, mais tous des va-comme-je-te-pousse, tous appartenant à cette faune qu'on ne rencontre plus que sur les quais de Paris.

— Je suis le premier, n'est-ce pas, commissaire ?... Il y a une demi-heure que j'attends... Les autres n'étaient pas encore là... Donc, pour la récompense...

— Quelle récompense ?

— Il n'y a pas de récompense ?

Cela aurait été trop injuste. Le bonhomme en était indigné d'avance.

— Il y a toujours une récompense, même pour un clebs perdu... Et moi, je viens vous dire où habitait le pauvre type qu'on a tué...

— On verra à te donner quelque chose si le renseignement en vaut la peine.

Et on avait discuté, marchandé : cent francs, cinquante francs, vingt francs, dernier prix. On l'avait emmené. Maintenant, ils se trouvaient en face d'une petite maison à un étage, blanchie à la chaux, dont les volets étaient fermés.

— Presque tous les matins je le voyais pêcher à la ligne, ici, tenez, où il y a un remorqueur... C'est comme ça que nous avons lié connaissance... Au début, il ne s'y connaissait pas très bien, mais je lui ai donné des conseils... Et il lui est arrivé, grâce à moi, de prendre au chènevis de belles fritures de gardons... A onze heures tapant, il repliait ses lignes, attachait ses cannes et rentrait chez lui... C'est comme ça que j'ai su où il habitait...

Maigret sonna, à tout hasard, et une sonnette vieillotte fit entendre un drôle de bruit dans le vide de la maison. Lucas essaya ses passe-partout, finit par faire jouer la serrure.

— Je reste dans le secteur, disait La Cerise, des fois que vous ayez besoin de moi.

C'était presque impressionnant, cette maison qui sentait littéralement le vide et où on entendait cependant du bruit. Il fallait un moment pour se rendre compte que c'était celui causé par le vol des oiseaux.

Car il y avait des volières dans les deux pièces du rez-de-chaussée, et ces pièces elles-mêmes étaient presque hallucinantes parce qu'en dehors des cages elles ne contenaient presque aucun meuble.

Les voix résonnaient. Maigret et Lucas allaient et venaient, ouvraient les portes, créant sans le vouloir des courants d'air qui gonflaient les rideaux de la seule pièce, sur le devant, où il y en eût aux fenêtres.

Depuis combien d'années les papiers peints des murs n'avaient-ils été remplacés ? Ils avaient pris une teinte indéfinissable et ils portaient la trace de tous les meubles qui avaient passé par là, de tous les locataires qui s'étaient succédé jadis.

Lucas était surpris de voir le commissaire, avant toutes choses, remplacer l'eau dans les cages et remplir les mangeoires de petites graines d'un jaune brillant.

— Tu comprends, mon vieux ? Ici, au moins, il était à l'abri du bruit...

Il y avait un fauteuil d'osier d'ancien modèle près d'une des fenêtres, une table, deux ou trois chaises dépareillées et, sur des rayonnages, une collection de romans de cape et d'épée et de romans historiques.

Au premier étage, un lit, un lit en cuivre recouvert d'un bel édredon en satin rouge qui aurait fait le bonheur d'une fermière cossue, car la lumière lui donnait des tons irisés.

Une cuisine. Des assiettes, une poêle à frire. Et Maigret, qui reniflait la poêle, reconnaissait une forte odeur de poisson. D'ailleurs, il y avait encore des arêtes et des écailles dans la poubelle qui n'avait pas été vidée depuis quelques jours. Il y avait aussi, dans un cagibi tout un lot de cannes à pêche, rangées avec soin.

— Vous ne trouvez pas que c'est une drôle d'idée, vous ?

Evidemment, Tremblet comprenait le bonheur à sa façon. Le calme d'une maison où n'entrait personne que lui-même. La pêche à la ligne sur les quais de la Seine. Il possédait deux chaises pliantes, dont une d'un modèle perfectionné et probablement très coûteux. Des oiseaux dans de belles cages. Et des livres, des tas de livres à couvertures bariolées, qu'il pouvait savourer en paix.

Le plus curieux, c'était le contraste entre certains objets et la pauvreté du décor. Il y avait entre autres choses une canne à pêche d'importation anglaise qui avait dû coûter plusieurs milliers de francs. Il y avait, dans un tiroir de l'unique commode de la maison, un briquet en or marqué aux initiales « M.T. » et un étui à cigarettes de grand luxe.

— Vous comprenez, vous, patron ?

Oui, Maigret avait l'impression de comprendre. Surtout quand il découvrait des objets parfaitement inutiles, comme par exemple un somptueux train électrique.

— Vois-tu, il a eu envie de ces choses-là pendant tant d'années...

— Vous croyez qu'il jouait avec le train électrique ?

— Je ne jurerais pas le contraire... Il ne t'est jamais arrivé, à toi, de te payer des choses auxquelles tu avais rêvé pendant toute ton enfance ?

En somme, Tremblet venait ici le matin, comme d'autres se rendent à leur bureau. Il allait pêcher en face de sa maison. Il rentrait déjeuner rue des Dames, parfois peut-être après avoir mangé les poissons de sa pêche.

Il soignait ses oiseaux. Il lisait. Il devait lire pendant des heures entières, dans son fauteuil d'osier, près de la fenêtre, sans personne pour le déranger, sans cris autour de lui.

Certains jours il allait au cinéma, à l'occasion avec sa fille. Et il avait acheté à celle-ci des boucles d'oreilles en or.

— Vous croyez qu'il a fait un héritage ou qu'il a volé l'argent qu'il dépensait de la sorte ?

Maigret ne répondait pas. Il allait et venait toujours à travers la maison devant laquelle le père La Cerise montait la garde.

— Tu vas retourner au Quai des Orfèvres. Tu feras envoyer des circulaires à toutes les banques de Paris pour savoir si Tremblet y avait un compte. Qu'on s'adresse aux notaires, aux avoués...

Cependant, il n'y croyait pas. L'homme était trop prudent, d'une vieille prudence paysanne, pour déposer son argent là où il était possible de le repérer.

— Vous resterez ici ?

— Je crois que j'y passerai la nuit... Ecoute... Apporte-moi des sandwiches et quelques bouteilles de bière... Téléphone à ma femme pour lui annoncer que je ne rentrerai probablement pas... Veille à ce que les journaux ne publient encore rien sur cette maison.

— Vous ne voulez pas que je vienne vous tenir compagnie ou que je vous envoie un inspecteur ?

— Ce n'est pas la peine.

Il n'était même pas armé. A quoi bon ?

Et les heures qui suivirent ressemblèrent assez aux heures que Tremblet devait passer dans la maison. Il arriva à Maigret de feuilleter plusieurs livres de l'étrange bibliothèque, et ces livres, pour la plupart, avaient été lus plusieurs fois.

Il tripota longtemps les cannes à pêche, car il s'était

demandé si, pour un homme comme Tremblet, elles ne représentaient pas la cachette idéale.

— A deux mille francs par mois pendant sept ans.

Cela représentait un capital. Sans compter les dépenses que l'homme faisait en dehors de son ménage. Le magot était fatalement quelque part.

A huit heures, un taxi s'arrêta devant la porte, alors que Maigret était en train d'examiner les cages qui auraient pu comporter une cachette.

C'était Lucas, en compagnie d'une jeune fille qui paraissait de mauvaise humeur.

— Comme je ne pouvais pas vous téléphoner, je ne savais que faire, disait le brigadier embarrassé. A la fin, j'ai pensé que le mieux était de vous l'amener. C'est sa maîtresse...

Une grande brune au visage blafard, aux traits durs, qui regardait le commissaire avec méfiance et laissait tomber :

— J'espère qu'on ne va pas m'accuser de l'avoir tué ?

— Entrez, entrez, murmurait Maigret. Vous devez connaître la maison mieux que moi.

— Moi ?... Je n'y ai jamais mis les pieds, dans cette sale bicoque... Je ne savais même pas, il y a cinq minutes, qu'elle existait... Sans compter que ça ne sent pas bon, ici...

Ce n'était pas les tympans, elle, qu'elle avait sensibles : c'était le nez. Et elle commençait par essuyer la chaise sur laquelle on la priait de s'asseoir.

CHAPITRE

4

La quatrième vie de Maurice Tremblet

OLGA-JEANNE-MARIE POISSONNEAU, vingt-neuf ans, née à Saint-Joris-sur-Isère, sans profession, demeurant *Hôtel Beauséjour,* rue Lepic, Paris (XVIIIe).

Et la grande fille, à face lunaire, s'empressait d'ajouter :

— Vous remarquerez, monsieur le commissaire, que je me suis présentée spontanément. Dès que j'ai vu sa photo dans les journaux, et malgré les ennuis que cela pouvait m'occasionner, je me suis dit...

— Tremblet allait vous voir à votre hôtel ?

— Deux fois par semaine...

— De sorte que le patron et le personnel l'y ont aperçu ?

— Oh ! ils le connaissaient bien. Depuis cinq ans que ça dure...

— Et ils ont vu la photographie aussi...

— Que voulez-vous dire ?

Elle se mordit la lèvre, car elle avait enfin compris.

— Il y a juste le patron qui m'a demandé comme ça si la photo n'était pas celle de M. Charles... Je serais venue quand même...

— Je n'en doutais pas. Vous le connaissiez donc sous le nom de M. Charles ?

— Je l'avais rencontré, par hasard, à la sortie d'un

cinéma, boulevard Rochechouart... A ce moment-là, j'étais serveuse dans un restaurant de la place Clichy, un prix fixe... Il m'a suivie... Il m'a dit qu'il ne venait à Paris que de temps en temps.

— Deux fois par semaine...

— Oui... La deuxième ou la troisième fois que je l'ai rencontré, il m'a reconduite à l'hôtel, et il est monté... Voilà comment ça a commencé... C'est lui qui a insisté pour que je quitte ma place...

Pourquoi Tremblet l'avait-il choisie ? Sans doute parce que Juliette était petite, maigre et blondasse, tandis que celle-ci était grande, brune et molle. Molle surtout. Vraisemblablement avait-il cru que son visage lunaire était un signe de mollesse, peut-être de sentimentalité ?

— Je me suis vite rendu compte que c'était un piqué.

— Un piqué ?

— Un maniaque, en tout cas... Il ne parlait que de m'emmener à la campagne... C'était son rêve... Quand il venait me voir, c'était pour aller nous promener dans un square et nous asseoir sur un banc... Pendant des mois, il m'a bassinée avec cette fameuse campagne où il voulait passer au moins deux jours avec moi, et il a fini par y parvenir... Pour ce qui est d'être gai, je vous jure que ça n'a pas été gai...

— Il vous entretenait ?

— Il me passait juste de quoi vivre... Il fallait que je lui laisse croire que je faisais mes robes moi-même... Il aurait aimé que je passe mes journées à coudre et à raccommoder... Vous parlez d'un comique !... Cent fois j'ai essayé de le balancer et je lui ai dit ses quatre vérités, mais il se raccrochait, il revenait avec des cadeaux, m'écrivait de longues lettres... Qu'est-ce qui vous fait rigoler ?

— Rien...

Pauvre Tremblet qui, pour se reposer d'une Juliette, était tombé sur une Olga !

— En somme, vous deviez passer une bonne partie de votre temps à vous disputer...

— Une partie, oui...

— Et vous n'avez jamais eu la curiosité de le suivre pour savoir où il habitait ?

— Il m'avait dit que c'était du côté d'Orléans, et je l'ai cru... D'ailleurs, je m'en balançais...

— Vous aviez un autre ami, évidemment.

— J'avais des amis, comme ça... Mais rien de sérieux...

— Et vous les avez mis au courant ?

— Si vous croyez que j'étais fière de lui ! Il avait l'air d'un sacristain de paroisse pauvre.

— Vous ne l'avez jamais vu en compagnie d'autres personnes ?

— Jamais... Je vous répète que son plaisir était de s'asseoir avec moi sur les bancs des squares... C'est vrai qu'il était très riche ?

— Qui vous a dit ça ?

— J'ai lu dans les journaux qu'il avait sans doute fait un gros héritage... Et moi qui vais rester sans un sou !... *Avouez que c'est bien ma chance...*

Tiens ! Le même mot que Juliette !

— Vous croyez qu'on va me faire des ennuis ?

— Mais non. On vérifiera simplement votre témoignage. Compris, Lucas ?

Et le témoignage se révéla exact, y compris les scènes qu'Olga faisait à son amant à chacune de ses visites, car elle avait un caractère de chien.

Maigret avait passé la nuit et une partie de la journée du lendemain à fouiller dans ses moindres recoins la maison du quai de la Gare, et il n'avait rien trouvé.

Il l'avait quittée à regret cette maison où il avait fini par vivre en quelque sorte dans l'intimité de son pauvre type, et il l'avait fait surveiller discrètement jour et nuit par des inspecteurs postés dans les environs.

— Cela donnera ce que cela donnera, avait-il dit au

chef de la P.J. Cela risque de durer longtemps, mais je pense que cela finira par procurer des résultats.

On cherchait du côté de Francine, qui aurait pu avoir un amoureux. On continuait à observer les allées et venues d'Olga. On avait l'œil sur les miteux du quai de la Gare.

Les banques ne donnaient rien, les notaires pas davantage. On avait télégraphié dans le Cantal, et il paraissait certain que Tremblet n'avait fait aucun héritage.

Le temps était toujours chaud. Tremblet était enterré. Sa femme et ses enfants s'apprêtaient à partir pour la province, car leurs ressources ne leur permettaient pas de continuer à habiter Paris.

On connaissait la vie de Tremblet rue des Dames, sa vie quai de la Gare, sa vie avec Olga... On connaissait l'amateur de pêche, de canaris et de romans de cape et d'épée...

Ce fut un garçon de café qui révéla ce qu'on pourrait appeler la quatrième vie du mort. Il se présenta un matin quai des Orfèvres et demanda à parler à Maigret.

— Je m'excuse de ne pas être venu plus tôt, mais je travaillais aux Sables-d'Olonne pour la saison... J'ai vu la photo dans le journal, et j'ai failli vous écrire, puis cela m'est sorti de la tête... Je suis à peu près sûr que c'est ce type-là qui est venu pendant des années jouer au billard dans la brasserie où je travaillais, au coin du boulevard Saint-Germain et de la rue de Seine.

— Il ne jouait pas au billard tout seul ?

— Evidemment non... Il y avait avec lui un grand maigre, roux, avec des moustaches... L'autre, celui qui a été assassiné, l'appelait Théodore, et ils se tutoyaient... Ils arrivaient tous les jours à la même heure, vers quatre heures, repartaient quelques minutes avant six heures... Théodore buvait des apéritifs, mais l'autre ne prenait jamais d'alcool.

Ainsi, dans une grande ville, les gens vont et viennent dont on retrouve la trace par-ci par-là. On avait retrouvé celle de Tremblet chez les marchands d'oiseaux du quai du Louvre et dans un hôtel presque borgne de la rue Lepic.

Voilà maintenant qu'il avait fréquenté pendant des années une brasserie paisible, boulevard Saint-Germain, en compagnie d'un grand gaillard à cheveux roux.

— Il y a longtemps que vous les avez vus ?

— Voilà plus d'un an que j'ai quitté la place.

Torrence, Janvier, Lucas, d'autres inspecteurs se mirent alors à courir tous les cafés, toutes les brasseries de Paris où l'on joue au billard, et l'on retrouva la piste des deux hommes non loin du Pont-Neuf, où ils avaient fait des parties de billard pendant plusieurs mois.

Seulement, nul n'en savait davantage sur Théodore, sinon qu'il buvait ferme et qu'il avait le tic de retrousser ses moustaches du revers de la main après chaque gorgée.

— Un homme de situation modeste, plutôt mal habillé...

C'était invariablement Tremblet qui payait.

Pendant des semaines, la police chercha Théodore partout, et Théodore restait introuvable, jusqu'à ce qu'un jour Maigret, par hasard, eut l'idée d'aller jeter un coup d'œil chez MM. Couvreur et Bellechasse.

Ce fut M. Mauvre qui le reçut.

— Théodore ? Mais nous avons eu un employé de ce nom, il y a très longtemps... Attendez... Il y a plus de douze ans qu'il a quitté la maison... Bien sûr, qu'il y a connu M. Tremblet... Ce Théodore — je pourrais retrouver son nom de famille dans nos registres — faisait les courses, et nous avons dû le mettre à la porte parce qu'il était constamment ivre et qu'il se permettait alors d'intolérables familiarités.

On retrouva son nom. Ballard. Théodore Ballard. Mais c'est en vain qu'on chercha un Théodore Ballard dans les meublés de Paris et de la banlieue.

Une piste, mais vague : un Théodore Ballard avait, cinq ans plus tôt, travaillé, pendant quelques semaines, à la foire de Montmartre, sur un manège de chevaux de bois. Il s'était cassé un bras, un soir qu'il était ivre, et on ne l'avait jamais revu.

C'était, évidemment, l'homme de l'*Hôtel Excelsior*, l'homme à la carabine à air comprimé.

Par quel hasard avait-il retrouvé le caissier de la maison où il avait lui-même fait les courses ? Les deux hommes, en tout cas, avaient pris l'habitude de se rencontrer et de jouer ensemble au billard.

Théodore avait-il découvert le secret de son ami ? Avait-il flairé un magot dans la maison du quai de la Gare ? Ou bien les deux amis s'étaient-ils disputés ?

— Qu'on continue à surveiller le quai...

Et l'on continuait. Cela devenait une rengaine à la P.J.

— Qu'est-ce que tu fais, ce soir ?

— De service aux canaris...

C'est pourtant ce qui donna; en fin de compte, un résultat positif, car une nuit un type long et maigre, aux moustaches roussâtres, qui traînait la patte comme un mendiant, s'introduisit bel et bien dans la maison.

Le gros Torrence lui sauta dessus, tandis que l'autre le suppliait de ne pas lui faire de mal.

A victime miteuse, assassin miteux. Théodore était pitoyable. Il devait y avoir plusieurs jours qu'il n'avait pas mangé, qu'il rôdait dans les rues et le long des quais.

Sans doute soupçonnait-il que la maison était surveillée, puisqu'il avait attendu si longtemps avant de s'y glisser. En fin de compte, il n'y avait plus tenu.

— Tant pis ! soupira-t-il. J'aime encore mieux comme ça... J'ai trop faim.

A deux heures du matin, il était encore dans le bureau de Maigret, devant des sandwiches et de la bière, à répondre à toutes les questions qu'on voulait.

— Je sais bien que je suis un sale type, mais, ce que vous ne savez pas, c'est que lui, Maurice, était un sournois... Ainsi, il ne m'avait jamais dit qu'il avait une maison sur le quai... Il se méfiait... Il voulait bien jouer au billard avec moi, mais, pour le reste, il avait son quant-à-soi... Comprenez-vous ?... Je lui empruntais parfois de petites sommes, et il ne les lâchait qu'avec un élastique...

» C'est possible que j'aie exagéré... J'étais sans un sou. Je devais de l'argent à ma logeuse : alors, il m'a déclaré que c'était la dernière fois, qu'il en avait assez d'être poire et que, d'ailleurs, le billard ne l'amusait plus...

» En somme, il me mettait à la porte comme un domestique...

» Et c'est alors que je l'ai suivi, que j'ai compris quelle vie il menait et que je me suis dit qu'il devait y avoir de l'argent dans la maison...

— Vous avez commencé par le tuer... grommela Maigret en tirant sur sa pipe.

— Ce qui prouve que je ne suis pas intéressé, que c'était plutôt la vexation qui me poussait... Sinon, je serais allé d'abord quai de la Gare quand je savais qu'il n'y était pas.

Dix fois encore, cette fameuse maison fut fouillée par les experts les plus avertis, et ce ne fut qu'un an plus tard, alors qu'elle avait été vendue et que personne ne pensait plus à l'affaire, qu'on découvrit le magot.

Il n'était ni dans les murs ni sous les lames du parquet, mais bel et bien enfoncé dans un cabinet du premier étage qui ne servait pas.

C'était un assez gros paquet de toile cirée qui contenait pour deux millions et quelques centaines de milliers de francs de billets de banque.

Quand Maigret entendit énoncer le chiffre, il fit un rapide calcul et comprit, sauta dans un taxi, d'où il descendit en face du Pavillon de Flore.

— Avez-vous la liste de tous les gagnants de la Loterie Nationale ?

— La liste complète, non, car certains gagnants désirent garder l'anonymat, et la loi leur en donne le droit. Tenez, il y a sept ans...

C'était Tremblet, Tremblet qui avait gagné les trois millions et qui les avait emportés sous son bras, en billets. Tremblet qui n'en avait jamais soufflé mot à personne, Tremblet qui avait horreur du bruit et qui, dès lors, s'était offert les petites joies dont il avait eu tant envie.

« *On ne tue pas les pauvres types.* »

Et pourtant c'était un pauvre type, en vérité, qui était mort, en chemise, assis au bord de son lit, où il se grattait les pieds avant de se glisser dans les draps.

Saint Andrews (N.B.), Canada, 15 avril 1946.

Achevé d'imprimer en janvier 1996
sur les presses de Cox & Wyman Ltd
(Angleterre)

Dépôt légal : février 1996
Imprimé en Angleterre